「自分の木」の下で

大江健三郎

画――大江ゆかり

朝日新聞社

「自分の木」の下で／目次

カヴァー／本文・画　大江ゆかり
装幀／画レイアウト　中島かほる

「自分の木」の下で

なぜ子供は学校に行かねばならないのか

1

私はこれまでの人生で、二度そのことを考えました。大切な問題は、苦しくてもじっと考えてゆくほかありません。しかもそれをするのはいいことです。たとえ、問題がすっかり解決しなかったとしても、じっと考える時間を持ったということは、後で思い出すたびに意味があったことがわかります。

私がそれを考えたとき、幸いなことに、二度とも良い答えがやってきました。それらは、私が自分の人生で手に入れた、数知れない問題の答えのうちでも、いちばん良いものだと思います。

最初に私が、なぜ子供は学校に行かねばならないかと、考えるというより、もっと強い疑いを持ったのは、十歳の秋のことでした。この年の夏、私の国は、太平洋戦争に負けていました。日本は、米、英、オランダ、中国などの連合国と戦ったのでした。核爆弾が、はじめて人間の都市に落とされたのも、この戦争においてのことです。

戦争に負けたことで、日本人の生活には大きい変化がありました。それまで、私たち子供らは、そして大人《おとな》たちも、国でもっとも強い力を持っている天皇が「神」だと信じるように教えられていました。ところが、戦後、天皇は人間だということがあきらかにされました。

戦っていた相手の国のなかでも、アメリカは、私たちがもっとも恐れ、もっとも憎んでいた敵でした。その国がいまでは、私たちが戦争の被害からたちなおってゆくために、いちばん頼りになる国なのです。

私は、このような変化は正しいものだ、と思いました。「神」が実際の社会を支配しているより、人間がみな同じ権利をもって一緒にやってゆく民主主義がいい、と私にもよくわかりました。敵だからといって、ほかの国の人間を殺しにゆく――殺されてしまうこともある――兵隊にならなくてよくなったのが、すばらしい変化だということも、しみじみと感じました。

それでいて私は、戦争が終わって一月《ひとつき》たつと、学校に行かなくなっていたのです。夏のなかばまで、天皇が「神」だといって、その写真に礼拝させ、アメリカ人は人間でない、鬼か、獣だ、といっていた先生たちが、まったく平気で、反対のことをいいはじめたからです。それも、これまでの考え方、教え方は間違いだった、そのことを反省する、と私たちにいわないで、ごく自然のことのように、天皇は人間だ、アメリカ人は友達だと教えるようになったからです。

進駐軍の兵隊たちが、幾台かのジープに乗って森のなかの谷間の小さな村に入って来た日——そこで私は生まれ育ちました——、生徒たちは道の両側に立って、手製の星条旗をふり、Hello！　と叫んで迎えました。しかし私は学校を抜け出して、森に入っていました。

高い所から谷間を見おろし、ミニチュアのようなジープが川ぞいの道をやって来、豆粒のような子供たちの顔はわからないけれど、確かにHello！　と叫んでいる声が聞こえてくると、私は涙を流していたのでした。

2

翌朝から、私は学校へ向かうと、まっすぐ裏門を通り抜けて森へ入り、夕方までひとりで過ごすことになりました。私は大きい植物図鑑を持っていました。森の樹木の正確な名前と性質を、私は図鑑で一本ずつ確かめては、覚えてゆきました。

私の家は、森の管理に関係のある仕事をしていたので、私が森の木の名と性質を覚えることは、将来の生活にためになるはずでした。森の木の種類はじつに沢山ありました。さらに、その一本一本が、それぞれの名前と性質を持っていることが、夢中になるほど面白かったのでした。いまでも私の覚えている樹木のラテン名は、たいていこの時の実地の勉強からきています。

私は、もう学校には行かないつもりでした。森のなかでひとり、植物図鑑から樹木の名前と性質を勉強すれば、大人になっても生活できるのです。一方、学校に行っても、私が心から面白いと思う樹木のことに興味を持って、話し相手になってくれる先生も、生徒仲間もいないことはわかっていました。どうしてその学校に行って、大人になっての生活とは関係のなさそうなことを勉強しなければならないのでしょう?

秋のなかば、強い雨が降る日、それでも私は森に入りました。雨はさらに激しさを増して降り続き、森のあちらこちらに、これまでなかった流れができて、道は土砂崩れしました。私は夜になっても谷間へ降りてゆくことができませんでした。しかも発熱してしまった私は、翌々日、大きいトチの木のホラのなかで倒れているところを、村の消防団の人たちに救い出されたのです。

家に帰ってからも発熱はおさまらず、村の隣の町から来てくれたお医者さんが——私は夢の出来事のようにそれを聞いていたのですが——、もう手当ての方法もお薬もない、といって引き上げてしまうことになりました。母だけが、希望を失わず、看病してくれていたのです。そして、ある夜ふけに、私は、熱もあり、衰弱してもいたのですが、それまでの、熱風につつまれた夢の世界にいるようだった状態から、すっかり目がさめて、頭がはっきりしているのに気がつきました。

いまは田舎《いなか》でもそうでない場合がありますが、日本の家の古いやり方で、畳の床《ゆか》に直接しいた蒲団《ふとん》の上に私は寝ていました。枕もとに、もう幾日も眠っていないはずの母が坐り、私を見おろしていました。これからの会話は方言で行われたのですが、若い人に読んでもらいたいので、標準語にします。

私は自分にもおかしく感じるほど、ゆっくりした小さな声を出してたずねました。

——お母さん、僕は死ぬのだろうか?

——私は、あなたが死なないと思います。死なないようにねがっています。

——お医者さんが、この子は死ぬだろう、もうどうすることもできない、といわれた。それが聞こえていた。僕は死ぬのだろうと思う。

母はしばらく黙っていました。それからこういったのです。

――もしあなたが死んでも、私がもう一度、産んであげるから、大丈夫。

――……けれども、その子供は、いま死んでゆく僕とは違う子供でしょう?

――いいえ、同じですよ、と母はいいました。私から生まれて、あなたがいままで見たり聞いたりしたこと、読んだこと、自分でしてきたこと、それを全部新しいあなたに話してあげます。それから、いまのあなたが知っている言葉を、新しいあなたも話すことになるのだから、ふたりの子供はすっかり同じですよ。

私はなんだかよくわからないと思ってはいました。それでも本当に静かな心になって眠ることができました。そして翌朝から回復していったのです。とてもゆっくりとでしたが。冬の初めには、自分から進んで学校に行くことにもなりました。

3

教室で勉強しながら、また運動場で野球をしながら――それが戦争が終わってから盛んになったスポーツでした――、私はいつのまにかボンヤリして、ひとり考えていることがありました。いまここにいる自分は、あの熱を出して苦しんでいた子供が死んだ後、お母さんにもう一度産んでもらった、新しい子供じゃないだろうか？　あの死んだ子供が見たり聞いたりしたこと、読んだこと、自分でしたこと、それを全部話してもらって、以前からの記憶のように感じているのじゃないだろうか？　そして僕は、その死んだ子供が使っていた言葉を受けついで、このように考えたり、話したりしているのじゃないだろうか？

この教室や運動場にいる子供たちは、みんな、大人になることができないで死んだ子供たちの、見たり聞いたりしたこと、読んだこと、自分でしたこと、それを全部話してもらって、その子供たちのかわりに生きているのじゃないだろうか？　その証拠に、僕たちは、みんな同じ言葉を受けついで話している。

そして僕らはみんな、その言葉をしっかり自分のものにするために、学校へ来ているのじゃないか？　国語だけじゃなく、理科も算数も、体操ですらも、死んだ子供らの言葉を受けつぐために必要なのだと思う！　ひとりで森のなかに入り、植物図鑑と目の前の樹木を照らしあわせているだけでは、死んだ子供のかわりに、その子供と同じ、新しい子供になることはできない。だから、僕らは、このように学校に来て、みんなで一緒に勉強したり遊んだりしているのだ……

私がこれまで話してきたことを、皆さんは、不思議な話だ、と思われたかもしれません。私もいま、自分の経験したことをずいぶん久しぶりに思い出していながら、大人になった自分には、あの冬の初め、とうとう病気がなおって、静かな喜びとともにまた学校へ行くようになった時、はっきりと理解できていたことが、じつは、よくわからなくなっている、という気がしますから。

その一方で、いま現在、子供である、新しい子供である皆さんには、すっきりと理解していただけるかもしれないと希望を持って、これまで書いたことのない思い出を話したのです。

4

さて、もうひとつ思い出にあるのは、私が大人になってからの出来事です。私の家庭の最初の子供は、光という男の子ですが、生まれて来るとき、頭部に異常がありました。頭が大小、ふたつあるように見えるほどの、大きいコブが後頭部についていました。それを切りとって、できるだけ脳の本体に影響がないように、お医者さんが傷口をふさいでくださったのです。

光はすくすく育ちましたが、四、五歳になっても言葉を話すことはできませんでした。音の高さや、その音色にとても敏感で、まず人間の言葉より野鳥の歌を沢山おぼえたのです。そして、ある鳥の歌を聞くと、ＬＰで知った鳥の名をいうことができるようにもなりました。それが、光の言葉のはじまりでした。

光が七歳になった時、健常な子供より一年遅れて、「特殊学級」に入ることになりました。そこには、それぞれに障害を持った子供たちが集まっています。いつも大きい声で叫んでいる子供がいます。じっとしていることができず、動きまわって、机にぶつかったり、椅子《いす》をたおしてしまったりする子もいます。窓から覗いてみると、光はいつも耳を両手でふさいで、身体を固くしているのでした。

そして私は、もう大人になっていながら、子供だった時と同じ問いかけを、自分にすることになったのです。光はどうして学校に行かなければならないのだろう？　野鳥の歌だけはよくわかって、その鳥の名を両親に教えるのが好きなのだから、三人で村に帰って、森のなかの高いところの草原に建てた家で暮らすことにしてはどうだろうか？　私は植物図鑑で樹木の名前と性質を確かめ、光は鳥の歌を聞いては、その名をいう。家内はそのふたりをスケッチしたり、料理を作ったりしている。それでどうしていけないだろう？

しかし、大人の私には難しいその問題を解いたのは、光自身だったのです。光は「特殊学級」に入ってしばらくたつと、自分と同じように、大きい音、騒音がきらいな友達を見つけました。そしてふたりは、いつも教室の隅で手を握りあってじっと耐えている、とい

うことになりました。

さらに、光は、自分より運動能力が弱い友達のために、トイレに行く手助けをするようになりました。自分が友達のために役にたつ、ということは、家にいるかぎりなにもかも母親に頼っている光にとって、新鮮な喜びなのでした。そのうちふたりは、他の子供たちから離れたところに椅子を並べて、FMの音楽放送を聞くようになりました。

そして一年もたつと、光は、鳥の歌よりも、人間の作った音楽が、自分にはさらによくわかる言葉だ、と気がついていったのです。放送された曲目から、友達が気にいったものの名前を紙に書いて持ち帰り、家でそのCDを探してゆく、ということさえするようになりました。ほとんどいつも黙っているふたりが、おたがいの間ではバッハとかモーツアルトとかいう言葉を使っていることに、先生方が気がつかれることにもなりました。

5

「特殊学級」、養護学校と、その友達と一緒に光は進んでゆきました。日本では、高校三年生をおえると、もう知的障害児のための学校はおしまいです。卒業してゆく光たちに、先生方が、明日からもう学校はありません、と説明されるのを、私も親として聞く日が来ました。

その卒業式のパーティーで、明日からもう学校はない、と幾度も説明を受けた光が、

——不思議だなあ、といいました。

するとその友達も、

——不思議だねえ、と心をこめていい返したのでした。ふたりとも驚いたような、それでいて静かな微笑を浮かべて。

母親から音楽を学んだのがはじまりで、もう作曲するようになっていた光のために、私がこの会話をもとに詩を書いて、光は曲をつけました。その曲が発展した『卒業・ヴァリエーションつき』は、いろんな演奏会で多くの人に聴かれています。

いま、光にとって、音楽が、自分の心のなかにある深く豊かなものを確かめ、他の人につたえ、そして自分が社会につながってゆくための、いちばん役にたつ言葉です。それは家庭の生活で芽生えたものでしたが、学校に行って確実なものとなりました。国語だけじゃなく、理科も算数も、体操も音楽も、自分をしっかり理解し、他の人たちとつながってゆくための言葉です。外国語も同じです。

そのことを習うために、いつの世の中でも、子供は学校へ行くのだ、と私は思います。

どうして生きてきたのですか？

1

祖母について数多くある思い出の、後のほうのものですから、私は七、八歳だった、と思います。戦争の間のことです。祖母はフデという名前でした。そして私にだけ秘密を打ち明けるように、名前のとおり、自分はこの森のなかで起こったことを書きしるす役割で生まれて来た、といいました。もし、祖母が、帳面といっていたノートにそれを書いているのなら、見たいものだ、と私は思いました。

なにか遠慮があって、それを遠廻しにたずねてみると、いいえ、まだはっきり覚えているから、という答えでした。もっと年をとって、正しく覚えていることが難しくなったらば、書くことにします。あなたにも手伝ってもらいましょうな！　とも祖母はいいました。

本当に、それを手伝いたいものだ、と私は思いました。そうでなくても、祖母の話を聞くことが好きだったのでした。祖母は覚えていることをいかにも自由に生き生きと話す人なのです。話すたびにいろんな廻り道をしながら、私もよく知っている土地の場所や家や人の名を、あの大きな椿《つばき》の茂みのあるところとか、あの家の三代前のサエモンという人とか、そして調子に乗ってくると歌うように話し続けます。

その話のひとつに、谷間の人にはそれぞれ「自分の木」ときめられている樹木が森の高みにある、というものがありました。人の魂は、その「自分の木」の根方《ねかた》――根もと、ということです――から谷間に降りて来て人間としての身体に入る。死ぬ時には、身体がなくなるだけで、魂はその木のところに戻ってゆくのだ……

私が「自分の木」はどこにあるだろうか、とたずねると、これから死のうという時、ちゃんと魂の目をあけていればわかるでしょうが！　という答えでした。いまから急いでそれを知ってどうするのか？　本当に頭のいい魂は、生まれて来る時、どの木からやってきたか覚えているけれど、軽率に口には出さぬ、といいますよ！　そして、森のなかに入って、たまたま「自分の木」の下に立っていると、年をとってしまった自分に会うことがある。そういう時、とくに子供はその人に対してどう振る舞ったらいいかわからないから、「自分の木」には近づかないほうがいいのだ、というのが祖母の教訓でした。

正直にいって、私は「自分の木」を覚えているだけ頭のいい魂でなかったことが残念でした。ある時には森にひとりで入っていって、立派に感じられる大きな木の下に立って、年をとった自分がやって来ないかと待っていたこともあります。うまくその人に会うことができれば、私は質問をしたいと思いました。学校で習う標準語で、問いかける準備もしていたのでした。

――どうして生きてきたのですか？

普通の使い方で、どうしてという言葉には、「どのような方法で」と「なぜ」と、二つの意味がありますね。子供の私は、その二つの意味を一緒にしてたずねたい気持だったように思います。もちろん、どちらか一方に正確にきめて、そのうえで質問するのが正しい。ところが、私には二つを一緒に聞きたいという気持があり、その人はうまく二つを一緒にして、答えてくれるのじゃないか、とも思っていたのでした。

六十年近くがたち、もう実際に生きている私が、年をとった自分です。故郷の森に帰って、立派な大きい木――まだ、どんな種類の木か知りませんが――の下を通りかかると、半世紀以上前の子供の自分が待ちうけていて、こう問いかけるかもしれない、と空想します。

——どうして生きてきたのですか？

それに答えて、長い長い話をするかわりに、私は小説を書いてきたのじゃないか、そのように、いま私が考えることがあるのは、夏目漱石の『こころ』を幾度めかに読んでいて発見したことがきっかけです。少し話が足踏みしますが、自分が本当に良い本だと思ったなら、しばらく時をおいては繰り返し読んでください。そのたびごとに、色のちがう鉛筆で線を引いたり書き込みをしたりしておくと役にたちます。

さて、『こころ』で私をとらえたのは、小説のなかで「先生」と呼ばれる人が、若い人にいう次の言葉のところでした。

《記憶して下さい。私《わたくし》は斯《こ》んな風にして生きて来たのです》。私は漱石が「自分の木」の下で長い話をするようにして、小説を書いてきたのじゃないか、と思ったのでした。

そして『こころ』には、もうひとつ、私にとって気がかりな言葉があるのです。《私の鼓動が停《とま》った時、あなたの胸に新らしい命が宿る事が出来るなら満足です》。

私も文章を書きながら、それが自分のいなくなった後で、若い人の胸のなかに新しい命として生き続けたら、と夢見ることはありません。しかしそれを口にする勇気はもちませんでした。具体的にいって、そのような希望を表面に出して、若い人たち、それも子供といっていい年齢の人たちに向けて本を書く、という勇気がなかったのでした。こういうところが、もう四十年も文章を書く仕事をしてきながら、私の中途半端《はんぱ》なところだ、と思います。

2

それでいて、しだいに私の胸のうちに、若い人たちに向けて、それも子供とさえいっていい人たちに向けて、「自分の木」の下で直接話をするように書きたい、という気持が強くなっていたのです。

一九九九年の秋の終わりから、今年の春の初めまで、ベルリン自由大学で教えていました。そこの学生たちとのつきあいは、心に残っていますが、もうひとつ大切な経験をしたのです。ベルリンで仕事をしている日本人は数多く、家族でそこに来ている場合――また、お父さんがドイツ人、お母さんが日本人という家庭もあります――、子供たちは、ドイツ語で教育の行われるギムナジウムに行っている子供も、日本人学校に行っている子供もいます。

その両方の親たちが、子供らに日本語をしっかり教える目的を立て、自分たちで運営の

資金を出して、公立学校の休みの日の校舎を借りて、ベルリン日本語補習授業校という学校を作っていられます。その運営にたずさわっている父母の方と知り合って——とくにあるお母さんにはひとり暮らしの買物のことなどとても助けていただいたのですが——一度そこへ来て子供らに話をしないか、と誘われました。

じつは四年前に、アメリカのプリンストンでも同じ経験をして、私はひとつ「方法」をあみ出していました。子供たちにとって、ある日、よく知らない大人がやって来て「講演」をしてくれても、面白いはずがありません。また、話しに行く方でも、まったく知らない子供たちの前に立つのでは、なにを手がかりに話していいかわかりません。

そこで私は、話を聞いてくれるはずの子供たちに、前もって「作文」を書いてもらうことにしたのです。それに赤インクの万年筆で、文章の不正確なところを訂正したり、まちがってはいないけれど、もっとスッキリした文章にできるところはそのようになおしたり、さらに、文章の順序を、なにがいちばん書きたいのか、よくわかるように組みかえたりします。こういうやり方を、日本語の古い言い方で、添削《てんさく》といいますね。おなじことを、自分で自分の文章についてやる時——詩でも文章でも——推敲《すいこう》というわけです。

しかし、私はこの二つの言葉をあまり使いません。他の人の文章でも、自分の文章についてやるようにみがきあげてゆく、しっかりしたものに丹念《たんねん》に作りあげてゆく、ということで、私は英語の elaboration という言葉が好きです。

なぜかというと、添削だと、一段高いところに立って、先生が生徒の文章をなおしてやる、という感じがするし、推敲だと、これは私だけの感じ方かもしれないけれど、なんだか趣味的な気がします。それがエラボレーションだと、相手と同じ場所に立って、一緒に文章をみがき、相手と自分とを人間として少しずつでも高めていっている、その印象があるからです。

私はプリンストンでの経験を改良して、ベルリンでも同じことをやりました。ベルリンでは、作文の主題が、「ドイツ人と日本人の比較」ということだったのと、それぞれなにを書くかを先生と子供たちがよく話し合っていてくださったのと、子供の日本の学校での体験入学のこともよく生かして書いてあるので、面白い作品が集まりました。

先生と子供たちとの話し合いが重ねられていることは、すべての作文の書きだしが、よくまとまっていることであきらかです。また、自分の体験をよく考えてきている子供たちは、ドイツ人のことも日本人のことも、とても公平に観察しています。外国の都市で二つの言葉を使って生きている子供たちに独特な、言葉への敏感さもつたわってきます（この夏、お母さん方が集まって、私のエラボレーションを生かしながら、つまり、どこをどうなおしたかもわかる印刷のやり方で、きれいな作文集を作られました）。

また私は作文を書いてくれた子供たちの努力にこたえるために、自分の子供のころの思い出と、障害を持って生まれてきた、私の子供のことを書いて、みんなの前でそれを読みました。この会でのことを聞いたドイツのジャーナリストに頼まれて、その文章を、ドイツの子供らの質問に答える形式に書きなおして、南ドイツの新聞に発表しもしました。まずベルリンで暮らす日本の子供らの作文をエラボレートする、ということにはじまって、若い人たち、それも子供といっていい人たちに向けて文章を書くという気持が、そのように高まってゆき、ひとつの実りをもたらしたのです。それはこの本の最初におさめました。

3

そして、私が日本に帰って来て、同じような文章を続けて書くように、あらためてはっきりしたものに気持を押し出してくれたのが、二〇〇〇年の夏、長野県の高原で指揮者の小澤征爾《せいじ》さんと何日も話し合った、ということです。小澤さんとの話の内容は、ある新聞にのりましたから、お父さんやお母さんでそれを読んでくださった方はあると思います。

これまで、私には夏であれ冬であれ、静かなホテルで家内や光とゆっくり過ごす、という経験はありませんでした。それが、夜の間は暗い紫色の鉛筆のように細く巻き込んでい

たキク科の草花が芝生《しばふ》いちめんに黄色く開いている朝に散歩し、昼は小澤さんと話して、夜になると小澤さんとアメリカの有名なカルテットの第一ヴァイオリンだった方が若い人たちに音楽を教える——弦楽四重奏や、チェロの協奏曲を指揮して、少しずつ演奏を作りあげてゆく——現場を見せてもらいました。

私が小澤さんの指揮による、若い演奏家たちの練習を聴き、また見もして感動したのは、そこにエラボレーションのすばらしい実例があるからでした。まだ少女のようなヴァイオリンの弾き手、ヴィオラやチェロの若者の弾き手たちと、四重奏の演奏をしては、中断し、どのような音楽を作りたいのかを考え、そのためにどのように弾き、また仲間たちの音をどのように聴くかを、小澤さんが、本当によくわかる言葉と表情、身ぶりでみちびいてゆきます。生徒たちはしっかりした技術と練習の積み重ねでそれについてゆき——自分で作りだし——ついには、さっきより優れたものとわかる音楽を仕上げてゆきます。

それを見守りながら、かつ音楽を楽しみながら、私にはこの若い人たちの人間そのもの、人生自体がエラボレーションをひとつ達成する、その大切な時に立ち会っている、という思いもしたのでした。

私は、小澤さんが、自分の心臓の鼓動がとまった時、これらの若い人たちの胸に新しい命がやどって動き続けるようにと、それを心からねがって教えている、と思いました。

もう時間がない、セッパつまった気持なんだ、とも小澤さんはいいました。もともとヨーロッパの人間の作り出した音楽を、日本人が世界的な水準で自分のものにしてしまい、ヨーロッパの人たちにも認めさせた、その最初のひとりが指揮者小澤征爾です。かれは、それを若い人たちにつないでゆきたいと思い立って、働いているのです。世界じゅうを充実した仕事をして飛びまわる、大変な生活のなかで、この高原に来て、心から楽しそうに……

そして、私には日本にいるかぎり現場で教える機会はないのですが、これまで小説家として知ってきたことを、もっとひろげて、若い人たちにつたえたい、と思いはじめたのでした。

森でアザラシと暮らす子供

1

もう二十年も前になりますが、中国地方に講演に行って、確かに覚えがあるのに、どこで会ったか思い出せない、初老の人に話しかけられたことがあります。骨格はたくましく筋肉も発達した、しかしスポーツで身体をきたえたというよりは、肉体を使う仕事をずっとやって来た、という感じの人でした。

講演会の終わった雑踏のなかで、ふつう大人が親しい子供にだけするように、私の首のうしろに力の強い掌をバシッと打ちつけて、振り向いた私を見つめているのです。その掌で私を確保したまま、なにか風変わりなものを楽しむような表情で、その人はこういいました。

――ああ、ヤッパリ！　川筋の通りのアレやなあ。山の奥で、アザラシを飼《こ》うておるというておった……あの村から出た小説家やというので、アレやないかと思うておったが、名前は覚えとらんし、子供の時、あんた眼鏡はかけとらなんだやろう？

それから、この人は声をたてて笑いながら、小さな地方都市のおちついた夜の通りへ歩き去ったのでした。その時になって、私の胸のうちに懐かしさの、しかし複雑なかたまりが、勢いよくこみあげて来ました。その初老の人の身体を、骨格も肉付きも若わかしい柔らかさにすると、記憶にある、山羊《やぎ》に似た青年の顔までが浮かぶようでした……

私の記憶をしっかりよみがえらせたのは、やはりその人の、大人が子供をからかうような、山の奥で、アザラシを飼うておるというておった、という言葉なのでした。

2

まず、アザラシの説明をしなければなりません。ゆっくり思い出したことですが、それは私の十歳の春から初夏にかけてのことですから――夏には戦争に負けて、じつにいろんなことが続けさまに起こり、私はあまり子供っぽい人間でいることもできなくなったのですが――、年齢として自分が幼いタイプであったことがわかります。その前の年に祖母と父親が、短い時をおいて、それぞれに亡くなったこともあり、苦しく恐ろしい出来事については、年齢相応に、あるいは大人に近い感じ方すらするところがありながら、それこそ子供じみた夢想にふけることをやめられなかったのです。

　きっかけは、戦争の前に出ていた子供向きの部厚い雑誌を読んだことでした。

　ここでも戦争というのは、私が六歳の時に、アメリカやイギリスほかの国との間にはじまった太平洋戦争ですが、それ以前に、中国との戦争はずっと続いていました。私の年齢でいえば二歳の時、もうすでに中国の領土に入っていた日本の軍隊が戦争を起こしてしまったのです。もっとも赤んぼうの私はその時はなにもわからず、少しずつ、国とか外国、世界というような言葉を知りはじめてみると、もう自分の国は世界を敵にして戦争をしていたのでした。

　その永い戦争の間、とくに太平洋戦争がはじまってからは、新しく出る雑誌は薄くなって、面白いことは書いてありませんでした。雑誌の発行部数そのものが少なくなって、私の住んでいた四国の森の奥までは、なかなか届いてこない、という感じでさえあったのです。

さて、私がもう幾年も前に出た雑誌のどんな記事を読んで夢中になったかというと、カナダの極北ツンドラ、つまり一年の大半を堅い氷でおおわれている地域に住むエスキモーの――現在、使われる言い方だとイヌイットですが――子供が、海に張り出している氷原の端の方で、どのようにしてアザラシをつかまえるか、というものでした。

そのためには、ただ、晴れた日に氷原を歩いて海のすぐ間近に行って、氷の表面に開いている小さい穴を見つければいい。それは氷の下にアザラシの住み家があるしるし。生まれて間もないアザラシが、呼吸をするためのものだ。アザラシの幼獣が穴のすぐ下に顔を持ち上げるのを待って、薄い氷ごとモリで突く、それで獲物はきみのものだ、というのです。

私はすぐ、目から鼻にかけてモリで突かれた小さな身体を想像して、自分はそういうことをしたくない、と思いました。それでも仔アザラシのことを考え続けずにはいられなかったのです。その呼吸のための小さい穴を少しずつ拡げてゆき、釣って凍らせておいた小魚をやっては、なつかせる。そのうち、氷の上にあがって来るようになった相手を、陽の光のなかで毛づくろいしてやる。しだいに仔アザラシを連れて氷原を散歩できるようにもなる……

そしていつの間にか、私は森の道を歩いていても、すぐうしろに仔アザラシを連れているつもりになり、「ユーコン」——記事に出ていた地名からつけた名でした——に呼びかけては、いろいろ話すようにもなりました。こういう振舞いは子供社会ですぐ知れわたってしまいます。私は、学校の先生をふくめて大人たちにも、犬のように連れ歩いている仔アザラシについて、からかわれることになったのでした。

3

そのころ、私の村にも「予科練《よかれん》」の若者たちがやって来て、村でただ一軒の旅館に泊まっていました。谷間の周りの松林から材木を伐《き》り出したあとに残っている根株を掘り、それを谷間に運び降ろして「松根油」をつくっていたのでした。ここで二つの言葉を説明しなければなりません。「予科練」と「松根油」。

「予科練」は、海軍飛行予科練習生の略です。私のいちばん上の兄は十七歳でそれに志願しましたが、まだ未成年のうちに飛行兵を訓練するための制度でした。しかし戦争も末期になると、かれらを訓練する機材はなく、若者たちは飛行機の燃料にするという「松根油」をつくりに、いろんな場所の森のなかに分散してやって来ていたのです。

松の根には松脂《やに》が大量にふくまれています。それを水蒸気蒸溜《じょうりゅう》して、いま私たちの身

たものです。

近にあるものでいえば、テレビン油に近いものをつくります。川にそった——つまり川筋の——私の集落の上手《かみて》にその工場があって、いつも揮発性の煙の匂いが谷間をおおってい

「予科練」の若者たちは、村の子供らのヒーローでした。しかし、ある時、かれらのなかの年長の者らが、より若い人たちを工場の裏手に整列させて殴っている、という噂を聞いて、私は殴る者らにも殴られる人たちにも遠い気持になりました。そこでかれらが休日には子供らと遊んでくれる場所——そこへ農家のお母さんたちが食物を持って慰問にやって来る、旅館の二階——へ近寄らなくなりました。

ところがある日、郵便局へ行く途中で、その二階から「予科練」の若者に呼びとめられ、降りて来た子供仲間に連れれて行かれて、若者たちの前でアザラシの話をさせられたのです。

それから永い時がたち、確かに「予科練」の若者たちのひとりだったあの初老の人が、肉体労働をおもな仕事とする職業について一生をすごし、自分たちが苦しい青春をすごした森のなかの谷間から、ひとり小説家が出た、という話を聞いていたということでしょう。そして、私の講演会をのぞき、いまでも子供の時と同じに、人の前で話をするとなると、山の奥で、アザラシを飼うという種類の、こっけいな話からはじめないではいられない私に、子供仲間からも笑いものにされることのあった、川筋の通りのアレ、の面影《おもかげ》を発見し

たのだったろう、と思いあたるのです。

4

私があのころ、昼間は自分の幻のアザラシの話をしたりもして——いくらかは、本当にアザラシと一緒にいると信じるようでしたが——子供仲間に笑われ、風変わりな面白さのあるやつ、と受けとめられていたのは事実。ところが夜になると、こちらは深刻な思い込みがあって、眠れないで苦しく過ごす、というようでもあったのです。

それは、やがて兵隊になって戦場に出て、いざ、突撃ということになる時——子供たちの「戦争ごっこ」のクライマックスは、つねに突撃でした——、足の遅い自分が、兵隊仲間の一隊から脱落してしまったらどうなるだろうか、という空想でした。

私は妹や弟と蒲団《ふとん》を並べている狭い寝室で——そこからはもう永年、家族の誰も上っていかない二階への、階段を取りはらわれた上り口が、暗い穴のように開いているのが見えました——ひとり目をさましては、じっとそのことを考え続けたものです。柱時計が一時間ごとに音をたてるのですが、その音から音の間が、正直いって人生の全体のように長く感じられました。

私の空想は、このように展開しました。仲間の兵隊たちが突撃していった後、私はなお追いつくことをあきらめてはいないのですが、小銃を持って広い草原をノロノロ駈けています。陸軍の兵隊ですからもう二十歳は超えているわけなのに、私はまだ少年の背かっこうのままでした。ずっと後になって、少年兵として戦場にかりだされ、捕虜になった経験を持つ、ギュンター・グラスというドイツの小説家と話をした時、自分の子供の時の空想とひきくらべて、小柄なギュンターのじつに沢山の皺のきざまれた顔をしみじみと見つめたものです……

恐ろしい空想の向かう方向は、突撃を終えて休息している仲間たちのところにやっとのことで追いつくと、みんなが私のことを、突撃が恐くてわざと遅れてきたズルイやつとして、さらには、できれば戦場から逃げ出そうとさえしていたやつとして非難する、というのがひとつでした。

ギュンター・グラスは、ドイツが第二次世界大戦に敗れた時——日本はドイツと同盟して、共通の敵と戦っていたわけです——攻め込んでいたフランスの土地から逃げ帰る途中で、自分の属する部隊からはぐれ、そのために脱走兵として処刑され、道端の電柱につるされた少年兵たちのことを書いています。そして、この気の毒な少年たちが脱走兵ではなかった、と名誉回復をする運動を起こしました。私はギュンターに呼びかけられて、運動

を支持しました。

　さらに恐ろしい空想は、ひとりノロノロ駈けてゆく草原の、背の高い草や灌木の間から敵が現れ、その若者を撃つことになる、というものでした。それは自分が撃ち殺されそうになる、ということでもあります。ところがいつも、目がさめているかぎり、空想はそこで行きどまりになるのです。そしてそこから、恐ろしく苦しい夢がはじまるのでした。

　夢は、敵だと思って撃ってしまった相手が、私と同じく突撃に遅れた、味方の兵隊だとわかるというものと、そうでなくて敵だけれども、これまで生きている人間としては見たことのないアメリカ人の若者が、自分の撃ち殺した死体として足もとに転がっている、というものでした。もっと恐ろしい夢の展開もあったように思うのですが、涙にまみれて目をさますと、起きて考え続けるには恐ろしすぎるその夢は、もう思い出すことができない。しかし、また同じ夢を見るのはわかっているのです……

　夏になって戦争が終わると、その夜から私は突撃に遅れる夢を見なくなりました。そしてカナダのツンドラ地帯で飼いならしたアザラシといつも一緒にいるという空想も、秋までには、あれは子供じみた物語にすぎない、と自分でも冷淡にあつかえるようになっていたのでした。

どんな人になりたかったか？

1

中学校の上級か、高校の初年級の人たちからがおもなのですが、よくアンケートの葉書をもらいます。そして、幾つもの質問のひとつとして、

——あなたは子供の時、どんな人になりたいと思っていましたか？　と問われることがあります。

そういう葉書を読むと、私はいつも四、五人の少年、少女たちが放課後の教室に頭を寄せ合って、クラブ活動の相談をしている様子を思い浮かべます。こうして質問を作ってか

ら、かれらが話をしたり、あるいは黙って自分の胸のうちで、さらに考えてゆくことを思うのです。

たとえば、私が、自分はいまそうなっているような人間になりたかった、と返事をした、とします。かれらの何人かは、ああ、大人にはこういう自己満足をするタイプがいるんだな、と感じるだろう。あるいは、子供の時ねがったような人にはなれなかった、という返事には、気の毒なことだ、と考えるだろう、とか……

むしろ少年、少女たちは、回答を読む前に、もうそうしたことを想像しているのではないでしょうか？　それというのも、自分が発する質問に、どんな答えが返ってくるか、そのことをよく考えないで質問するのは——実際に質問した後で、答えてもらう前に答えを自分で考えてみないのは、といってもほぼ同じですが——あまり良いことではないからです。

さて私は、そうしたことをいろいろ考えるうち、結局アンケートに答えることをやめてしまうのですが、いつの場合も、まず次のように頭のなかで文章にしてみているように思います。

——私は子供の時、それを考えるたびにたいてい別の、自分がどんな人になりたいか、ということを考えました。戦争中の子供ですから、遊び仲間の誰もがそうであったように、

ある時は、戦闘機の操縦士になりたい、と思ったものです。しかし、それは心の表面でのことで、その下の深いところでは、いや、自分はそんな人にはなれないだろう、と打ち消していました。飛行兵になるのに必要なはずの、機敏な運動能力がないし、狭い操縦席で素早く事態を問題にまとめ、それを計算して敵の戦闘機と戦う、そのような頭の働かせ方は自分に向いていないだろう、と思ったからでした。

そしてこちらは、どういう仕事をする人という意味ではなくて、どういう心の持ち方の人、どういう態度の人ということになりますが、同じ頃の私には、ひとり具体的な人物が頭にあって、大人になれば——いや、いまからでも——あの人のようになりたい、あの人のように勇気のあることをする人になれたら、という思いがあったのです。

「尊敬する人」という課題の作文として、そのことを書いたこともあります。担任の先生がそれを皆の前で読んだために、クラスの誰もが笑ったばかりか、上級の女子生徒がわざわざクラスの前の廊下に立って、こちらを指さしながら笑う、ということまで起こりました。そこで、私は返してもらった作文を破いてしまいました。また、もう二度とそれを話すこともしませんでした。それでもずっとその人のことは忘れなかったし、いまも、私が胸をうたれた情景はクッキリと思い出すことができます。その人の名前の記憶ははっきりしないので——コーノさん、という人だった、という気はするのですが——まだ私が、当時の呼び方でいえば、国民学校三年より以前のことじゃなかったか、と他の記憶とのつながりで思います。

2

コーノさんは、もうずいぶん老人に見える人で、小学校でのいまの呼び名は用務員とか校務員とかだと思いますが、私たちは小使いさん、といっていました。英語の言い廻しで、pepper and salt、それもこしょうより塩が多いという、剛《こわ》そうなごま塩の、短く刈った頭と無精鬚《ぶしょうひげ》が頬や顎にめだつ人。小柄で、黒い詰襟の服を着て、校庭の隅をいつも竹箒で掃いている、という印象でした。私のような低学年の生徒たちはみんな恐がっていたほど不機嫌で、先生方が話しかけてもあまり答えないような、不思議な人だったのを覚えています。そして私も学校に慣れてくると、その黒い詰襟が駅員の制服のように見える老人を気にかけなくなっていました。

　そこに「山犬事件」が起こったのです。ヤマイヌという言葉は、もともとニホンオオカミをさすようですし、この日本産の小型オオカミはずっと以前に絶滅しているはずでした。したがって、本来のヤマイヌが村に現れたというのじゃなく、戦争が続くうちに食べ物が少なくなって、犬を飼う余裕のある家が少なくなったために、村を囲む山の斜面で野性に戻った暮らしをするようになった犬のことを、山犬と呼んでいたのです。そして大人も子供も、山犬を恐れていたのでした。

その山犬の、とくに大きい一頭が、ある日、昼休みの校庭に降りて来て、生徒たちを追いかけ廻したのです。幸いなことに誰も咬まれませんでしたが、泣き叫ぶ女子生徒の声が校庭にひびきわたりました。なんとか生徒たちが教室に避難した後、誰もいなくなった校庭を大きい犬が走り廻るのを私たちは窓から見ていました。あれは狂犬病にかかっているかもしれない、という先生もいました。

そのうち校庭のはずれの、水飲み場の脇の小屋に隠れていた、高等科の——村には中学校も女学校もなく、国民学校を卒業してから、なお勉強している生徒のことをそう呼んでいました——女子生徒三人ほどが、校舎の方へ逃げてくるのに山犬が気付きました。校舎全体から、悲鳴があがりました。

その時、コーノさんが、竹箒をかまえて、もう一頭の黒い犬のように、そちらへ走っていったのです。そしてコーノさんは、吠えかかり咬みつこうとする山犬と闘い、とうとう校舎の間の通路から裏山へと撃退してしまったのでした。それでも山犬の反撃を恐れて、先生方も生徒たちも教室に閉じこもったままで、コーノさんは泣きながらうずくまってい

る女子生徒たちから少し離れて、頭を垂れてじっと立っていました。

私はあのような人になりたい、とねがったのです。私は樹木のことを勉強して森林組合で働く計画を持っていましたが、そのなかには森で女子生徒を山犬から守る、という夢もふくまれていたのです。

3

いま私も、こしょうより塩の多い頭になって——あの時のコーノさんより十歳は年長なのではないでしょうか——、こういうことを考えます。子供のころ、それもいろんな時期にそうねがったとして、あのような人になりたい、と心にきざんだモデルが、誰にも、幾人かはあるはずです。そして私は自分の生きてきた日々を検討してみて、まず、あの人のようになりたいとねがった誰についても、完全にその人のままにはなれなかった、と思います。しかしそれに続けて、あの人のようになりたいと思った、その人のように、少しずつなってはいるようだ、とも考えるのです。

そこで私は、子供の時に、その人の振る舞い方、態度について深く印象づけられるまま、あの人のようになりたい、と決心するのは、良いことだと思います。

人格、人となり、というふうにいってもいいのです。子供は子供なりに、人の内部にあるものについてかぎつけるものです。そして私は、自分の子供の時の人間の見方には、正しいところがあった、と感じます。あれは間違っていた、と思うことも確かにありますが、それは、あの人はダメだ、という大人の言い方に影響されて、そう考えていたのを、いまになって恥ずかしさとともに取り消すのです。大人たちが、あの人はエライ、というのに引きずられてじゃなく、自分で心からそう思っていた場合、つねにそれは正しかった、ということができます。

4

自分の目、自分の考え方をしっかり持った少年が、この人はすばらしい人だ、と深く思ったことを文章に書いた、その例をひとつあげます。

一九二三年——大正十二年——、関東大震災が起こりました。それを東京で経験した、小学校四年生が書いた文章です。

《今度の震火災で深川、本所あたりは最もげきれつだつた。深川の猿江小学校の校長先生はあの地震のあつた日、学校は鉄きんコンクリートなので、是なら大丈夫といふので近所の人や、荷物を沢山入れ、雨天体操場などは、人や荷物で一ぱいだつた。所が、地震後の大火がすさまじい、勢でせまつて来たので、コレハ大変だ、これだけの人を早くにがさなくてはと、他の先生たちと共に、ひなん者をにがしそれから、御真影《ごしんえい》を副校長に渡し、他の先生たちと一しよにひなんさせたが、》

ここで引用をいったん切って、文章を書くうえで注意したほうがいいことを書いておきます。図書館やお父さんの書棚の本を見ていると、「注」として、本文より小さい活字で、本文が印刷されている紙面の外側や、章の終わりなどに書きつけられている文章がありますね。その「注」のやり方です。

まず、これは私が仮名づかいをはじめそのまま引用している本の、印刷上のミスかも知れませんが、すさまじいの下の読点は、ないほうがいい。御真影は、敗戦の前まで、どの学校にもあった、天皇、皇后の写真のことです。学校の火災で、それを焼いてしまったために責任を感じて、校長先生が自殺したという、恐ろしい――そして不合理なことに思える――噂を、子供の私は聞いたことがあります。

そして、文章の続け方としては、いまの引用を一区切りにしたところで、他の先生たちと一しよにひなんさせた。しかし、といったん句点をうった方がいいのです。その次の文節もかなり長いものですから。文章を書いている少年は、この話を聞いて感動して、その時の心の働きのままに、勢いをつけて書こうとしたのだと思います。さきに読点で切られていた後は、次のように続きます。

《自分はとうてい逃げるひまがないと考へ、かくごをきめられたものであらう。》

　このままでもいいですが、私なら、さらに長い文節になるけれど、ここは逆に、あらうの下は、読点にして次に続けます。

《後でさがして見ると、運動場にちゃんと坐つて、かぎを手にもち、腕をくんだまま死んで居られたと言ふ事である。自分勝手に逃げず、人々を出してから逃げやうとしたが、逃げるひまなくとう〳〵ざん死されたと言ふのは、ほんとうに美しい話である。》

　ざん死は、惨死――本来はサンシと読んだそうですが、いまはザンシと読む人の方が多いでしょう。それでも、惨事という時は、サンジという正しい読み方が普通だ、ということも覚えておいてください――むごたらしく死ぬことです。

　この少年が、亡くなられた校長先生のことを、どのような姿勢で、なにを持って、腕をどういうふうにしていられたか、と話を聞いたまま、こまかく、しっかり書いているのは、話を聞きながら、自分の目で見るように、その様子を思い描いて、いちいち止しいと胸にきざんだことを示しています。そのうえで、校長先生のなさったことが、地震と火災の起こったその日の人びとの振る舞いのなかで、どのように大切な意味を持っていたかをまとめて、ほんとうに美しい話、と自分の意見をのべているのです。

この少年は、もうひとつのもっと長い記録も書いて、それを「安政大地震より七十年後」と結んでいます。関東大震災は、これを書いている二〇〇〇年から七十七年前の出来事です。少年は成長して、政治思想史の学者になりました。私はアメリカの大学で、この丸山眞男《まさお》という学者に学んだ研究者たちと幾度も一緒に仕事をしました。そしてかれらが、大きい学者の思い出のなかに、この少年の面影もあわせて、心から敬愛し続けているのを感じたのでした。

「言葉」を書き写す

1

子供のころ、私にとって父親は近寄りにくい人だったのですが、これは父にしかたずねることのできない問題だと思うと、勇気をだして問いかけたものです。それが、後から考えてみるとたいていこっけいな質問だったので、なにか不思議な気もするのですが。

――木はどうしてまっすぐ上に伸びる？

植物が太陽の光のエネルギーをとりいれて、有機物を作ったり、酸素を出したりする、それは知っていました。そうしたこととは別の答えがほしかったのでしょう。父は黙ったままでしたが、おかしなやつだ、と楽しそうだった、と父が亡《な》くなった後で、母に聞きました。

いまになってみると、どうしてそれが私に大切な問題だったか、正確には思い出せませんが、その後も、シダレヤナギのように枝が下に伸びる樹木のことは気にかけてきました。早いうちから、それが英語なら weeping willow、フランス語なら saule pleureur と、つまりどちらも「泣く・涙を流す」柳と呼ばれているのを知っていたものです。またSF小説で、土星の衛星のひとつを舞台に、弱い太陽光をもとめて、まっすぐ上に何キロも伸びる樹木がある、という想像のシーンを読んだ時は、これを父に話したかったと思いました。

戦争の終わりのころ、そして戦後になってもしばらくは、空襲の被害を受けた大きい都市から住む場所をもとめて村に移り住んできた——「疎開」といいました——人たちが残っていました。そのなかに、とくに岩波文庫を沢山持って来た人がいたのです。そして母をつうじて、なくしてしまわれると困るから貸せないけれど、自分の傍《そば》でなら自由に本を見てもいい、といってくれました。

それというのも、私がいろんな質問とはまた別に、教科書や、先生の話に自分の知らない古典からの引用があると、それがもともとはどんな言葉で書いてあるのか、知りたがっ

たからです。私の村に図書館はありませんでした。

そこで疎開してきた人の住んでいられる農家の離れを私が訪ねると、棚に並べられた沢山の岩波文庫は、本当に茫然とするほどのものでした。一生で、この本を全部読めるだろうか、と思いました。そうしてぼんやり立っている私を、本の持ち主は、

――なにを調べたいのか、準備してくるように！　と叱られたのでした。

私は方法を考え出しました。自分で調べたい文章は、その教科書にのっている訳をそのまま覚えます。そしてもとの本の全体のどのあたりにあるか、できる場合は見当をつけておきます。そのようにして、次からは、岩波文庫にたいていい必要なところを見つけて、紙に書き写させてもらったのでした。

2

そのようにして覚えた古典の文章は忘れにくく、いまも新しい文庫版で読みやすく編集された古典を見つけて読みなおすと、もう五十年以上も前に、自分で紙に写した一節に出会って、懐かしい思いをすることがあります。

結婚してすぐのことでしたが、家内が子供の時に教科書で習った、杉田玄白《げんぱく》の『蘭学事《らんがくこと》

始《はじめ》』のことを話しました。十八世紀後半に、医学を勉強しようとしている若い人たちが集まって、オランダ語の本を訳そうとした、その苦しい勉強の思い出を語った本から、話を聞いた私がすぐ、覚えている原文を引用したので、家内は、不思議そうな表情をしたものです。

皆さんにも原文はなじみにくいと思いますから、いまの言葉に訳しますと、翻訳できないところには《いつかはわかる時もあるだろう。まず符号をつけておくことにしよう》という部分で、その符号は轡十文字《くつわじゅうもんじ》というのでした。丸のなかに十を書くということで、私もさっそくそれを使ったものです。

そして子供の私は、百五十年近く昔に書かれた本でも、いま自分が声を出して読んでみると、なにか気持のよい調子があるということを面白いと思ったのでした。つまり私が「文体」ということに気がついた、最初の出来事だったようにも思います。

家内は、先生からこの本のことを聞いた時、勉強する人たちが「鼻がフルヘッヘンドしている」と書いてある原文がわからなくて苦労した、というのが面白かった、といいました。この言葉を調べると、木の枝を切った後がフルヘッヘンドするし、庭を掃除すると塵や土が集まってフルヘッヘンドしたものができる、と書いてあるので、「堆《うずたか》し」ということだ、と思いついて、皆で喜ぶ、と続いてゆきます。

子供の家内は、フルヘッヘンドというオランダ語をひとつ知っているのが嬉しかったのです。ところが最近ラジオで学者の方が話されるのを聞いていると、『解体新書』として若者たちが訳した本の原書には、フルヘッヘンドという言葉は出てこないそうだ。どういうことなのだろう?

私はこの質問に答えられなくて、残念だったものです。ところが今年の初めに出た講談社学術文庫の『蘭学事始』で片桐一男さんが、原書についていた解剖図の鼻に関する説明にあたる本文に、これと似た音の言葉が見える、と突きとめられているのを知りました。片桐先生は、私や家内と同じ年輩の方ですから、やはり子供の時に、フルヘッヘンドに興味を持たれ、それが続いていて、ということだったかも知れません。

3

もう一冊、懐かしく読んだのは、一九九九年の終わりに出た岩波文庫の『折《おり》たく柴《しば》の記《き》』でした。本文と同じページに、松村明さんの読みやすい注がついています。皆さんが高校生になってから、新井白石《はくせき》に興味を持たれたなら、すすめたいと思います。私が子供の時、機会があって読んだのも、上中下とあるなかの上巻だけでしたから、まずそこを面白く読むのがいいでしょう。

『折たく柴の記』という本の名前だけは、教科書をつうじて友達も知っていました。私がとくに強い関心を持ったのは、ひとつ出来事があったからです。私は新制中学の二年生で、将来、なんとか学者になりたい、と思いはじめていました。あまり用心深くなく、そういうことを友達や先生に話す性格でもありました。それを間接的に聞きつけて、ということだったでしょう、担任ではない先生が、わざわざ私を呼びとめると、

――三ごんなくしては学匠になりがたし、というよ！　といわれたのです。

意味はわからなかったのですが、私は傷つきました。そこで担任の先生に、それがどんな本に出ている言葉かをたずねてもらうよう、おねがいしました。そして、戦後、村にできた公民館の図書室で長い時間をかけて、『折たく柴の記』から、この一句を見つけだしたのでした。利根《りこん》・気根《きこん》・黄金《おうごん》の三ごん。かしこい性質、ものごとに耐《た》える気力、金銭、それらが豊かにないと、学者になることは難しい。自分について最初の二つはまだよくわからなくても、私の家にお金が十分にはない、それははっきりしていました。

その機会に、私はとにかく上巻だけは『折たく柴の記』を読んでみたわけなのです。そして白石が、三歳で文字を書くことができるようになった時、ちゃんとした先生についていたら書がうまくなったのにとか、六歳で中国の詩をおぼえて意味もならった時、その勉強を伸ばす場所があったなら、などと残念なことを思い出しつづけるところに心から同情

したのでした。

しかし、この一節は、立派な政治家、そして学者になった白石が、自分は「いつも忍耐できにくいことを忍耐しようとしてがんばって、世のなかの人が一度することなら十度、十回することなら百回したおかげで」このようになれた、というところにつながるのです。

とくにその文章を原文で紙に写していながら、子供の私は、自分にはそのように努力する根気がないのじゃないか、とおそれました。私は、ひとり森に入っていって、さすがに大きい木にはそうしませんが、灌木や草を棒切れで叩いては、自分はこんなところに生まれたから、読みたいだけ本も手に入らないし、本当に良い先生もいない、と大声で不平をいっては、気持をまぎらせるようであったのでした。

十五歳になったある日、私が文学関係の仕事をしよう、と思い立ったのは、他の分野での努力と比較して、本を読んだり文章を書き写したりすることには、自分が苦しいと感じない、と気がついたからです。

4

子供の私が、自分が気にいった本から、古典もふくめて、その一節を書き写す習慣を作ったのは、どういうことだったのでしょう？　本を買ってもらって、自分のものにするのがなかなかできにくかった、ということがまずあります。隣町に本屋はありましたが、新しい本が豊かに届いている、というのではなかったのです。お金もありませんでした。しかし、やはりそれは、私が紙に言葉を書き写すことの好きな少年だったからです。何度も書くことで、正確に覚えよう、という気持もあったのでした。不正確に覚えることは、覚えないよりずっと悪い、というのは父が私にいったことでした。

そして、私はしっかりと本から覚えたことを、それも面白く、毎日の会話のなかにとりいれることのできる人を尊敬していました。

こうして自分が子供の時に読んだ本のことを思い出しますと、いつも背伸びして、なにか難しい本を読もう、読んだもので気にいった文章は覚えてやろう、と力《りき》んでいた日々が浮かんできます。それは、大学に入って知り合った友人たちにくらべても、小説家になって、とくに外国で一緒に勉強したり仕事をしたりした文学者たちにくらべても、私が本を読む子供として貧しく不幸だった、という思いにたどりつかせます。世界の小説家や詩人たちのなかには、たとえばナボコフという亡命ロシア人の作家のように、どうしてこんなに豊かで幸福な少年がいたのだろう、しかもそれでいてなぜ文学を一生の仕事にしたのか、と不思議に感じられる人がいます。それは時代の進み行きと重なってのことだった、という答えをいまは持っていますが、もし皆さんが大学に入るくらいの年齢になってナボコフという名前を覚えていられたら、かれの自伝を読んでみてください。

そのように豊かでなく、かげりのない幸福さというのでもない少女だった——あの戦争と戦後のなかで、誰が例外でありえたでしょう——私の家内は、それでも幼いころ自家中毒症になると、回復するまでの永い病床で、幸福な読書にめぐまれました。それも母親が繰り返し読んでくれる宮澤賢治の童話に耳をすますことで。そしてすばらしいリズムとイメージの、賢治の文章の一節、一節を次つぎに覚えたし、とくに彼女の想像力はそれらのイメージを絵として受けとめさせたのでした。そこで、やはり五十年以上たって、子供たちにセロ弾きのゴーシュや、ネズミの母子のことを話そうとすると、きまって少女のころに思い描いた光景が見えてきて、それを紙に写し色をつけることはやさしいようです。

そして私の方は、決して楽しみとともにゆったりとやっていたのではないけれど、少年時代に紙に写して覚えた文章や詩の一節が、いまの暮らしのなかで自然に浮かびあがります。つまり私も、思っていたほど不幸な少年ではなかったのかもしれません。

子供の戦い方

1

父親が、子供の私には近寄りにくい人だった、と書きました。それが気になって、あれから出かけていったドイツとベルギーの旅で、ゆっくり父のことを思い出していました。そして、楽しい時を一緒に過ごした日のことや、大切なことを教えられた時のことが記憶のなかから浮かびあがってきたのです。

そのひとつ。そもそもの始まりは、私がこんな森のなかで育つのでは、広く知られるような人間にはなれないと、自分でも口に出してすぐこれは「泣き言」だと思うことをいったからです。父は、私をジロリと見ただけでしたが、母親が私に教訓をあたえようとしたのでした。

私の生まれた村を流れる川が、ほかの川と合流してさらに川下《かわしも》に、大洲《おおず》という町がありました。そこに加藤藩のお城があって、曾祖父はそこに仕えていた、とも聞いていました。母はその加藤家に中江藤樹《とうじゅ》という学者――中国の古典の学問を日本式に研究する儒学者、ということになります――がいられた、貧しい農家の出身だったが日本全体に知られる大学者だった、と教えるのです。

藤樹先生は――と、母はいいました――、学問をしながら、お母様を養うために、酒を売られたそうな。

母がそういうと、この季節には毎日、内閣印刷局におさめる紙幣の原料ミツマタの仕上げの手仕事をしている父が、独り言のように、こう応じました。

――母親に飲ませるために、酒を買ってこられた、というのより、良いか、悪いか……

母は父にからかわれたと感じたのでしょう、この日さらに藤樹先生の学問にこだわったのでした。翌日、父親には大洲に行かねばならない用事があったのを幸い、私を連れていって、城址《しろあと》にある藤樹先生の石碑を見せてくれるように、と父親にいったのです。

その日のうちに、私は父親の自転車と自分用に知り合いから借りてきたものと、二台の自転車を、布でみがいたり油をさしたりして整備しました。翌朝早く、私たちは出発しました。母としては、友達と遊び廻る、というようなことをしない私に、自転車で長時間走る楽しみを知らせよう、という気持もあったのじゃないか、と思います。

私が、ずいぶん後まで夢に見るようでさえあったのは、父親が用事をすませる間、銀行の小さな建物の前で待っていた私が、道路の端に荷車につながれて立っているロバを見つけたことです。私はなにかで——ヨーロッパの民話集の翻訳ででもあったか——ロバが飼い主にひどいめにあう話を読んでいました。その時の同情を思い出すまま、あまり背の高くないロバの鼻面《はなづら》をなでてやろうとすると、ロバはガブリと私の手を噛むような動作をしました。私は「人生の真実」を体験した、という気がしました。それから私の夢には、ガブリの前の打ちひしがれたようなロバの様子と、ガブリの際の——おそらく、こちらをおどかすだけのことだったでしょうが——黄色がかった白の頑丈な歯の列が出て来ることになりました。

2

さて、用をすませて出て来た父が思いがけないことをいい出したのです。

お母さんから弁当をもらって来ているが、それは後廻しにしないか？　石碑を見に行ってもあれは自分にもよく読めないほどのものだ、あまり遠くないところに昔からのウドン屋があって、いまもやっているようだから、そこへ行って話そう。

いまもやっているようだから、というのは、すでに戦争も終わりのころで、食物の出る店がかぎられていたのです。

そして父親に連れていかれたのは、深い川を見おろす橋のたもとの、入口に柳の大木まであって、ウドン屋という言葉がふさわしくないものに思われる、静かで落ち着いた家でした。他にも客がいましたが、私たちは長い土間の奥の小部屋に通されました。また、これも特別なもてなしじゃないかと思うビールを父は飲み、私はサイダーを飲んで、それからウドンを食べました。

その後で、これも思いがけないことでしたが、日ごろは、私に勉強するようにという母にジロリと強い目を向けることのある父が、母よりずっとくわしく中江藤樹の話をしたのです。

もっとも、話の内容が学問とは無関係な、映画の時代劇のようなものだし、本当かどうか私は疑うことがあったのです。ところが、ずっと後になって小林秀雄の『本居宣長《もとおりのりなが》』を読んで、そこに父の話した中江藤樹の子供の時の話が、「藤樹先生年譜」というものを引用して書かれているのを見つけました。
あまり他では目にしたことのない話ですから、私の父も、小林さんが使っていられる資料そのものか、それにもとづく正式の伝記を読んでいたように思います。私の父に教養があったから、というのじゃなく、土地と関係のある偉い人に、母親同様、関心を持っていた、ということであったのでしょうけれど……

父の話したとおり、覚えているかたちで書きます。藤樹のお祖父《じい》さんが別の領地からお殿様と一緒に大洲へ移った時、少年のかれもついて来た。お祖父さんは、奉行《ぶぎょう》として、ある土地の責任者であったが、不作の年で、餓えそうになった農民たちは土地から逃げだそうとした。お祖父さんはそれを止めるために苦労していた。

そこにスボクという乱暴者がいて、農民たちを引きつれてゆこうとする。そのスボクを取りしまろうとするお祖父さんに、相手は抵抗した。お祖父さんはヤリでスボクを突き殺したが、スボクの奥さんも抵抗して、お祖父さんの足をつかまえて引っくり返そうとした。そこでやはり斬り殺すほかなかった。

スボクの子供がそれをうらんで、お祖父さんの屋敷を襲撃しようとする。十三歳の藤樹は、刀を腰にさして、夜の間ずっと屋敷のまわりを見て歩き、奉行の役にたった。

――藤樹先生の学問のことはいつか勉強するとして、子供の藤樹はそういう人だった。

家に帰って石碑のことを聞かれたらば、お母さんにこういうように！

村に帰る途中、私の村から大洲に続く川の、広い川原に降りて、私たちは母の作った弁当を食べました。父はもういつものように、ひとり黙っていましたが、そのうち私が考え込んでいるのに気づいたのです。そして、私にさきの話でなにか気にかかるのか、とたずねたのでした。

父は、私が質問をするたび、まず自分がなにを聞きたいのかよく考えておくこと――そのうちに、自分で答えを思いつけば、いちばんいい――それがなければいけない、といっていました。そこで、この日も私は、自分で不思議に思ったり興味深く感じたことを、自転車で父について走りながら整理しておいたのです。

1。大洲は大きい町なのに、そのなかでお百姓さんたちが暮らしていたのか？

父は、出来事が起こった場所は大洲の加藤藩の支配するところであったけれども、ひと続きの領地から離れたところにある土地で、そういう場所を飛地《とびち》と呼ぶ。そのころは風早《かざはや》という地名だった。いまでいえば松山にふくまれる遠いところだ、といいました。そのように本来の領地から離れたところにあるから、そこをおさめる奉行にはとくに責任があって、百姓たちが逃げてゆくのを一所懸命止めようとしたのだろう。

私はお百姓さんたちが自分らの田畑を作っている土地から逃げ出して、どこへ行くのだ

なべやきうどん

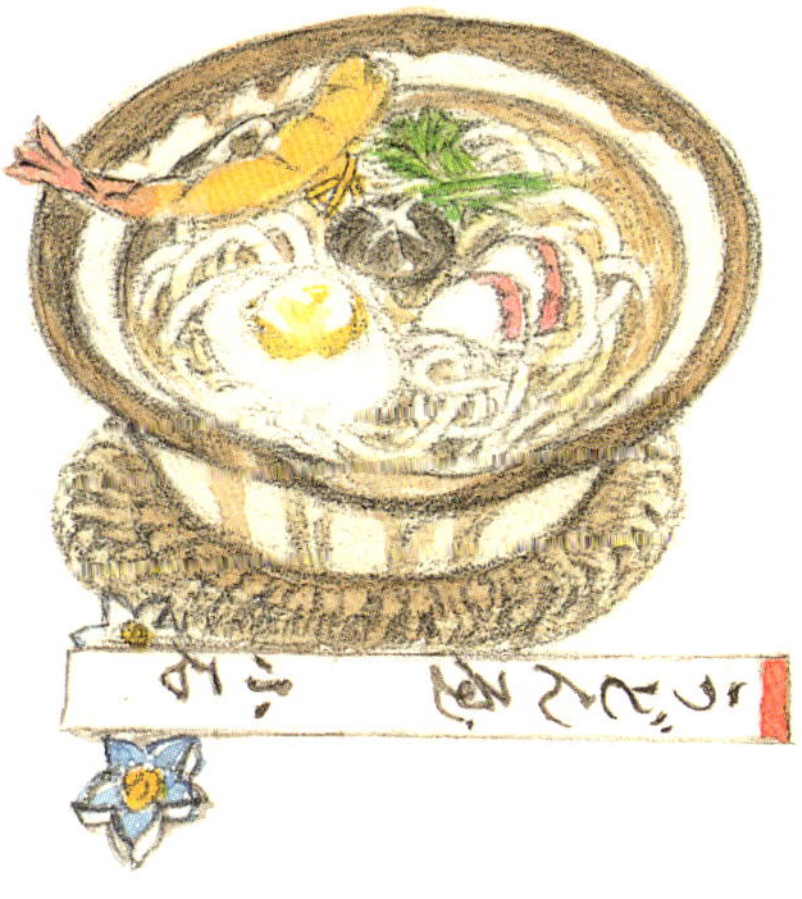

ろう、と思いましたが、それは父にも難しすぎることのようだったので質問しませんでした。これも父親から、人に質問する時、相手を困らせるようなことをたずねてはいけない、といわれたことがあったからです。自分のことですが、いま思い出してみて、子供はなかなかよく気持を働かせるものだ、と感じます。

2。スボクは刀で向かっていったのに、奉行は長いヤリでかれを突いた。それは卑怯じゃないだろうか?

日本がこうした藩に分かれていたころは、奉行というような役人と、スボクのような農民との間には――スボクがヤクザ者であったとしたらなおさらに――身分の大きい差があった。下のものをヤリで突くことを、上の人間が卑怯だと感じることはなかった。奉行はこの時、家来も連れていたし、自分は馬に乗っていた。

それを聞いて私は、スボクの奥さんが奉行の足を引っぱって倒そうとした、その情景をなるほど、と思ったのでした。

3。十三歳で、刀をさして夜の間ずっと家のまわりを見廻っていたのは、勇気があることだと思う。自分にはそれができない、と考えていた、とも私は正直にいいました。

父親は、しばらく川原の向こうを流れる川を見て黙っていました。その様子をはっきり思い出すのは、それからしばらくたって、「戦時下の産業視察」ということで村に来た県知事に、私の家の、ミツマタを箱のかたちに固めて発送するための装置——これは父が設計図を描いて、大阪で造らせたものです——を動かしてみせるようにと、ひとりでは作業ができないのにドナリ声で命令された日、夕暮れに父が家の裏で川面《かわも》をじっと見ていた様子を覚えているからです。そのあとすぐ、父は亡くなりました。

さて、しばらく考えてから、父親が口にしたことは、私の質問の直接の答えとはいえない話でした。質問には、まっすぐ答えて、よけいなこと、はぐらかすようなことをいってはいけない、というのも父親が教えることだったので、不思議に感じたことを覚えています。

スボクの子供は、たびたび「火箭《ひや》」を奉行の家に射ちこんで、火事を起こそうとしたそうだ。それはひとりではできないことだから、スボクの子供には仲間がいて、山のなかにでもたてこもっていたのだろう。子供とはいうが、もう一人前の年齢だったかもしれない、と父親はいったのでした。

これはもう二つの勢力の間の、小さな戦争だよ。藤樹という人は、確かに勇敢な少年だったと思うが、と父はいいました。きみに——私のことを父親はきみといい、それも子供仲間で私がからかわれる理由でした——その勇気がなくても、むしろそれが普通。子供には子供の戦い方があるのじゃないだろうか？　スボクの息子とその仲間のような連中が攻めてきたら、きみは子供なのだから小さい穴に隠れて、そこから見ていればいい。見て覚えておいて、全体を忘れないでいれば、それが子供の戦い方なのだ……

さきに書きましたが、この中江藤樹の少年時代のことを書いた文章で、東京生まれの小林さんは、《藤樹の学問の育ったのは、全くの荒地であった》といっています。時代こそちがうけれど私もその土地で、「学問」をするのにふさわしいとはいえない家に育ったのですが、父や母が、それぞれの仕方で「荒地」でなくそうとしてくれていた、と思います。

シンガポールのゴムマリ

1

もう一度、父親の思い出を書きます。それも、私が父に対して強い不満を感じた、という話です。それでいて、私の不満のもとになった父の言動を、やはり意味のあるものとしてそれからしばしば考えることがあった、という思い出なのです。

私が小学校の——当時の呼び方では国民学校の——二年生の夏の初めのことでした。なぜ季節のことまで正確にいえるかというと、学校でいったんは自分のものになったゴムマリの購入券を、シャツの胸ポケットにいれて、昂奮して家に駈け戻った情景が思い出にかさなっているからです。

　戦争がはじまって、まだ半年ほどたっただけでした。それでも、私の家が小さな村にあったせいもあるかも知れませんが、子供の衣料をたやすく店で買える、というふうではなかったように思います。私が学校に着てゆく上着は、兄のおふるをもらったものでしたが、かたちが崩れてダラシナク見えるといって、母が厚紙を切ってポケットのなかに入れ、糸でふさいでくれていました。そこで秋から冬、そして春の終わりまで、私はポケットになにも入れることができませんでした。めずらしい昆虫を捕まえても、手製の三角紙にはさんだものをしまう場所がなく、困ったことが記憶にあります。

　ゴムマリの購入券は、クラスでジャンケンをして、幸運にも私の手に入ったものでした。この年の二月、日本軍はシンガポールを、イギリス軍と戦って占領していました。それに先だってマニラの占領ということもありました。こちらはアメリカ軍と戦って、ということです。なぜそれらの国と戦ってかといえば、ヨーロッパ、アメリカの植民地だったからです。しかし、世界地図のアジアのページを開いてみて、それらの国々まで日本の軍隊が攻め込んでいたのだということを、自分の目で確かめることは大切だと思います。

　ともかくもそうした占領によって、南洋諸島のゴム原料が豊かに入って来るようになった、ということで、生徒たちに――全員に一個ずつ、というのではなく、ジャンケンで選ばれてでしたが——その購入券が配られたのです。私にもゴムマリは、新しい上着などよりずっとほしいものでした。いまでいえば軟式テニスのボールですが、私たちは自分らのルールでやる三角ベースのボールにしていました。正式に野球が村に入り、軟式野球のボールを使って大人までやるようになったのは、戦争が終わってからのことです。

それまで、たいていの配給のクジにはずれてきた自分がゴムマリの購入券にあたったので、私は勇み立っていました。裏座敷の仕事場で、紙原料の束の最終チェックをしている父に報告に行きました。ボールを買いに行くお金をもらう必要もありました。

話を聞いた父は、しばらく黙っていましたが、口を開くと、ジャンケンをして私に敗けた同級生に購入券をゆずるように、といいました。そしてあらためてうつむくと、乾かして真っ白のミツマタ真皮《しんぴ》の束を熱心にチェックし続けるのです。

失望して出てゆく私を追いかけて来た母が、なぜゴムマリを買ってはいけないのか、父にたずねるように、といいました。それではじめて勇気をえて、私は父の仕事場に引き返したのです。黙って作業をしている父に、そのゴムマリがどういう事情で村の子供に配給されることになったかを私は説明しました。それは、教室で先生が感激をこめて話されたことの繰り返しだったのですが……

日本の兵隊さんは勇敢で強く、シンガポールを守るイギリスの軍隊を破られた。そして、日本の兵隊さんは優しく、ゴムマリを集めて送って来てくださったのだ……

父は仕事の手をやすめると、私をジロリと見ました。そしてこういうことをいったのです。どこかの国の勇敢で強い兵隊が、この森のなかまで攻め上って来て（父は裏座敷の、川に面した軒《のき》に母が掛け渡している、干し柿の列を見あげました）、そのどこかの国の兵隊も優しくて、干し柿を集めて自分の国の子供らに送ってしまうとしたら……きみはどう感じるかね？

私は父のいったことに、いろんな点で不満がありました。しかし、それだけにうまく自分の考えをまとめていえそうになく、私は黙っていました。そして父はもう一度、ジロリと私を見ると、口をつぐんで仕事に戻りました。つまり、それで話は終わり、ということなのです。私は学校へ購入券をかえしに行くほかありません。まったく腹はたつし、情けなかったものです。家の出口の土間で、お金を準備して待っていた母が――二十銭から二十五銭の間だったのを覚えています――、私の顔色から父との交渉のなりゆきをさとって、次のようにいいました。

――お父さんはシンガポール陥落《かんらく》の、お酒の特配を受けられたのになあ！　しかし私は、むしろ母のいい方に反撥してもいたのでした。

2

私が父のいうことを聞きながら不満に思った点をひとつずつ思い出してゆくと——それは、子供の私が幾度も繰り返したことです——、国民学校の生徒の私が、そのころは大日本帝国といった自分の国を、世界の中心にして考える態度を——ナショナリズム、さらに超国家主義といわれるものです——しっかり持っていたことがよくわかります。

私は学校にいる間、先生方に教わった日本という国を強調する考え方——天皇・皇后のお二人が輝く雲のなかに浮かんでいる下に、日本列島がある「世界の絵」が黒板に描かれました——を信じていました。しかし家に帰ると、祖母や母の話してくれる自分の村のいつたえをなにより大切に考えて、それに根ざした「世界の絵」を空想する子供でした。いかにも自然にそうしていたように思います。

しかしいま、父との感情的な衝突の具体的な記憶を手がかりに、当時の自分をよく思い浮かべてみると、やはり先生方のお話に色濃く影響を受けていたことがわかります。国民学校、そしていまの小学校の教育の、力の強さということを思うのです。

まず私は、父が日本の国の兵隊と同じように勇敢で強い兵隊が、（この国より他の）どこかの国にいることもあるように話したのが不満でした。しかもその国の兵隊は、森のなかの村にまで攻め上って来る。日本の軍隊を破って、ということです。それは絶対に、ありえぬこと、考えられないことでした。私は父を恥ずかしいことをいう人だ、と考えて腹をたてたように思います。学校へ戻っていって、ゴムマリの購入券を先生に返す時も、父がこういう意見だと決していってはならないのを、私は知っていたのでした。

一方で私は、これもはっきり思い出すことなのですが、父がこの森のなかまで攻め上って来てといった時、「チョーソカベ」のことをすぐに考えてもいたのです。「チョーソカベ」は、私がもっと幼いころ、夜になってもなかなか床《とこ》に入らず、妹や弟と大声をあげてふざけていたりすると、祖母が、

――「チョーソカベ」が来る！　といって、効果的に私たちを静かにさせた、そのオドシ文句の言葉なのです。

長宗我部《ちょうそかべ》元親《もとちか》が土佐（高知県）を支配して、そこを足場に四国を統一した、戦国時代の歴史にもとづいている民話として、祖母はいろいろ恐ろしい話をしていました。それだけでなく高知から四国山脈を越えて愛媛《えひめ》に入った長宗我部の軍隊の、さらに進んだコースの、大きい分かれ道のところまで、父に連れていってもらったこともありました。

「チョーソカベ」の軍隊は攻めて来たとしても、どこかの国の軍隊が――それはアメリカ

かイギリスの軍隊のように感じられました——ここまでやって来ることはありえないと、どういうわけか私は固く信じていたのでした。

戦争に敗けてすぐ、進駐軍のアメリカ兵たちを乗せたジープは、実際に私たちの村までやって来ました。隣町ではチョコレートやチューインガムを子供たちに投げてくれた。そう後で聞きましたが、もうそのあたりでなくなっていたのでしょう、私たちの村で若い兵士たちは手をふってくれただけでした……ジープが川にそった道を上って来るのを、森の高みから見おろしていた私が、その時には死んでいた父のいったことを思い出したことも確かです。

さて、もうひとつの父への不満は、シンガポールをふくむ南洋のゴム資源を日本の軍隊が手にいれてくれたことと、この村の子供らの食べ物がうばいとられることを一緒にしたのは、正しくない——卑怯でさえある——比較だ、という気持があったからでした。

しかし、ほかの国の軍隊が入って来て、ゴム資源をうばいとる以上、食糧もまたうばいとられるのじゃないか？　そのおそれの気持は胸の底にあったのです。それがあるからこそ、ああいう「論理」を私に示して、反対の声をあげられなくした父に腹をたてたのだとも思います。それを覚えていて、敗戦の翌年、占領軍による食糧の放出ということを知った時、アメリカという国に好意をもつことにもなったのでした。

yukari

3

新聞などで「保守的」と「進歩的」という言葉が使われるのを見られたことがあるでしょう。これらの言葉の、もともとの意味を調べてゆくのも必要ですが、いまは少し別に、実際に使われている様子を見ると、こういうことがいえると思います。

その国、その社会の、いま現在のあり方、動き方にそくして生きる。それに適応して生きてゆく。未来のことも、いまあるあり方の、自然な延長として思い描く。現在のあり方を変えようとは思わない。その国、その社会で、いま勢力のある人たちの考え方にしたがうやり方で、自分の態度をきめる。とくに教えられたことを大切にして、そのとおりにやってゆこうとするし、自分もそのように人に教えたいとねがう。

こうした生き方の人たちを「保守的」ということができると思います。もちろん、この「保守的」な考え方、生き方の、実際の現れ方には大きいはばがあります。この人は本当に「保守的」だと思う人で、私のとても好きな人がいるし、これはまったく困った人だ、と思う人はもっと沢山います。

そして、私がとくにいいたいのは、子供はまず「保守的」だ、ということなのです。子供はこの世界に新しく生まれてきた人間だし、実際新しいことに敏感でもあるのですから、子供が「保守的」だなんて、とおかしく感じられるかも知れません。しかし、赤んぼうは自分にあたえられた環境にしっかりおさまって満足のようだし、大人たちのやってくれることに頼りきっています。

そして、こういう自分の状態を見なおすことをはじめ、大人の保護から少しずつでも自立していこうとしはじめる時、子供は赤んぼうでなくなり、「進歩的」になってゆくのです。

自分がそのなかで生きている国や社会に対して、それまで自分が持ってきたのとは別の考えを受け入れ——あるいは、自分でつくりだし——自分のまわりから、少しずつであれ変えてゆこうとする。そういう人間になってゆく、ということです。

私は、あの時、父のいったことにいやな印象を持ったし、なにか恐ろしいことを聞いたようにすら思いました。正直にいうと、自分が父の言葉によって攻撃されているように感じたのです。それでいて、自分の「論理」では、父に反対することができないことを知っていました。そして初めの感情的な反撥が薄れてから、少しずつ、父の考えを受け入れていったように思います。ただ、そのことを自分の言葉でいえると思った時は、もう戦争の終わった後で、父は亡くなっていたのでした。

ある中学校での授業

1

私は皆さんにお話しする準備を次のようにしました。まずひとつは、私の書いた「なぜ子供は学校に行かねばならないのか」という文章を読んだ皆さんに、感想を書いていただくことです。選んだ文章は、私が今年のはじめベルリン自由大学で働いていた時、日本人の子供たち——御両親のどちらかがドイツ人、という場合もあります——に話したものです。ドイツの新聞にのせることになり、翻訳しやすいような書き方をこころがけながら、あらためて私が日本語で書きなおしたのです。

いま、こんなにヤヤコシイことをいったのは、外国に行って、自分の考えを外国人に理解してもらうことは、なかなか難しい、しかし面白い、といいたかったからです。もし私がドイツ語で話すことができれば、直接ベルリンの人たちに自分のいいたいことをドイツ語でいえます。しかし、私はドイツ語を勉強したことがないので、ベルリン自由大学での講義にも、言葉は英語を使いました。

こうして、自分の考えを外国語になおして話したり、あらかじめ書いたりしていると、新しい経験をすることになります。日本語で考えたり、しゃべったりしている自分のことを、いつもより客観的に観察できるのです。また、どうしてもうまく外国語にできない時、おなじことを日本語でなら表現できる自分は、日本人のなかだけでつうじるようなことをいっているのだ、とわかることです。

私は、これから勉強を続けてゆかれる皆さんが、外国語をひとつ、しっかり実用向きにマスターされることを心からおすすめします。

2

その文章をコピイして皆さんにお渡しして、感想の文章を書いていただきました。私は小説家です。毎日、文章を書いては、それを書きなおす暮らしをしています。それが私の、小説家としての「人生の習慣」です。

この習慣という言葉ですが、それには、良い意味と悪い意味があります。あまりよくない習慣、たとえばタバコをのむこと。それは肺ガンの原因になる、と調査研究にもとづいて医学者がいっているのですから、皆さんも大人になってタバコをのむ習慣はつけない方がいいし、お父さんにも、できればその習慣はやめてもらったほうがいい。そのような、悪い意味での習慣。

それと、もちろん良い習慣があります。たとえば、しっかり歯をみがく、という習慣。私の子供のころは戦争中で、皆さんは驚かれるでしょうが、しっかりした歯ブラシと歯みがき粉を――そのころは、いまのペースト状になったものなど、見たこともありませんでした――手に入れるのが難しかったのです。先生からは、指に塩をつけてみがくようにいわれました。そういう事情もあって、私の母親は子供が本を読んだり勉強したりすることを大切に思う人だったのですが、歯をみがくようあまりきびしくはいいませんでした。それをよいことにして、私はしっかり歯をみがく良い習慣をつけませんでした。そのおかげで、もう永年《ながねん》後悔しています。

文章を書くこと、とくに書きなおすこと。それも、良い習慣だと思います。すくなくとも私は、自分でいったん小説を書きあげてから、幾度も書きなおします。この習慣をつけなかったとしたら、いまも小説家として生きていることはできなかったと思うほどです。

それでは、いったん書いた文章を書きなおすことに、どのような良い効果があるのか？それには、自分の文章を、よりよく理解してもらえるようにするという、他の人に対しての効果と、文章をより良いものにするという、自分にとっての効果とがあります。そしてそのふたつは結びついているのですが、いまから幾つか、実例にそくしてやってみましょう。

スポーツの練習で肉体をきたえることができるように、文章を書きなおす練習には、それによって、精神をきたえることができる。私にとって大切なこの考え方が、皆さんにつたわれば、と思うからです。

3

さて、もひとつ、私が皆さんにお話ししておきたいのは、子供の時に自分で勉強を伸ばしてゆく、ひろげて行きもするということを、どのようにやるかです。そして、それを大人になっての、働きながら生きる勉強にどうつないでゆくか、ということです。今日は、皆さんのお父さんやお母さんたちにも来ていただいていますから、これは父母の方たちにも聞いていただきたいとねがって、私のやってきたことをお話しします。

さて私は小説家です。教育について専門的に教わったことはなく――じつは、大学で、教育概論というのと教育心理学というのと、ふたつの講座を大きい教室で聞いたし、教育実習にも行ったのですが――、この国で中、高校の教師をしたことはありません。メキシコシティーにはじまって、カリフォルニア大学の幾つものキャンパスで、またプリンストン大学やベルリン自由大学で教えましたが、それは専門の大学生に対してする、文学についての講義です。一般的な教育とはちがいます。

そこで、私は教える側ではなくて、教わる側のこととして、自分がどのように勉強してきたかを、経験からお話しするのです。私の子供の時の学校の様子は、あらかじめ読んでいただいた私の文章にいくらか出ています。敗戦直後のことで、小学校上級から新制中学にかけての、つまりいまの皆さんの年齢のころの私の村、四国の森のなかの学校には、師範学校や大学で、教育のことを学んだ先生は、あまりいられませんでした。年をとられた先生たちは師範学校出身で、ずっと村にいられた方たちでしたが、戦争中に教えていられたこととは別のこと、反対のことを、平気で教えられました。生徒たちは――とくに私は――あまり良いことではありませんが、その先生たちを信用していませんでした。

そこで私は、生意気にも、それこそ良いことではありませんが、自分ひとりで勉強してやろう、と思い立ったのです。そして見つけた勉強法は、教科書でも普通の本でもいいのですが、そこで発見した面白い言葉、または正しいと思う言葉を、ノートに書きつけて覚えてゆく、というやり方でした。

また、そこに出て来る、外国語や、人の名を書きとっておいて、それを他の本で調べてみるということでした。そして、これは高校や大学に進んで、さらに自由に、さらに積極的にやったこと——そして、いまも続けていること——ですが、いまいった仕方で知ることのできた本から次の本へと、自分で読んでゆく本を見つけて、つないでゆく、というやり方でした。

4

いまも続けている、といいました。それが本当だということを、いちばん新しい例で示します。私は今度皆さんにお話しするときまった時、いくらかでも教育として役にたつ話をしたい、と思いたったのです。それは二〇〇〇年の夏のことです。そして、最近の数年に読んでは教育のことを考えた本の幾つかを、もう一度読んでみました。

それらのひとつに、これは皆さんが大学に入ったころ思い出していただきたい、という気持で著者の名と本のタイトルをいうのですが、ノースロップ・フライというカナダの学者の本がありました。それは『大いなる体系』という題で日本語にも訳されています。しかしここでは、人間の文化での言葉の役割についての、その内容の話をするのではありません。

そこに――私の訳で引用しますが――こういう一節があるのです。

《先生とは、本来、すくなくともプラトンの『メノン』以来認められてきたとおり、知らない人間に教えることを知っている誰か、というのではありません。かれは、むしろ生徒の心のなかに①問題を②あらためて作り出すようつとめる人であって、それをやるかれの③戦略は、なによりも、生徒にかれがすでに、④はっきりとは言葉にできないけれど知っていることを認めさせることなのです。それは、かれが知っていることを本当に知ることをさまたげている、心のなかの⑤抑圧の、いろんな力をこわすことをふくみます。生徒よりはむしろ先生の方が、たいていの質問をすることの、それが理由です。》

さて、とても難しかったでしょう？　この文章を、いま皆さんが理解してくださらなくてもいいのです。いま私は、この文章を実例にして、どのように自分で勉強するか、ということの、ここに出てきた大切な単語、文節の脇に書きつけた数字でいえば③の、戦略を覚えていただこう、としているのですから。

戦略という言葉は、英語でいえば strategy です。皆さんがゲームをやる時、まず攻めてゆく大きい規模での方針をきめるでしょう。サッカーでいえば、トルシエ監督が試合に勝った後の談話で、まず前半は守りを固めてゆこう、後半は攻撃してゆこうとした、という。あれは戦略 strategy をきめた、ということなんです。そして後半になると、ゴールまぎわで、中村選手が高原選手に幾度もパスを送ります。この実際のこまかな進め方が、戦術 tactics なんです。皆さんも自分のどうしても認めてもらいたい要求をお父さんやお母さんに切り出す時、自分がはっきり言葉にしてそう考えているのじゃないけれど、胸のなかではなんとなく――これが、さきの引用のうちの④です――戦略と戦術を持って、そうするのじゃないですか?

しかも、そのことをはっきり口に出してお父さんやお母さんにいうのが、なんとなく悪い、と皆さんが感じてもいる場合、ということがこれまでにあったのじゃないですか? それを心のなかでの抑圧、英語だと repression といいます。それが⑤。

問題という言葉の横に①と書いたのは、もともとは subject という英語だからです。先生方は、それを主題と訳されるのが普通でしょう。しかし、私は、いま考えるこの問題、と強める気持をこめてですけれど、もっと普通の、問題という言葉で訳しました。

yukari

さて②と書きつけた、あらためて作り出す、という言葉にあたる英語は re-create です。発音は re の後にハイフン - がついていて、つまり複合語であることが示されています。発音はいま私がやったとおり ri:kriéit です、そういっても私は発音が下手《へた》ですから区別がつきにくいかも知れませんが。そしてハイフンのない recreate は、ハイフンをのぞけば同じ綴りですが、発音は rékriéit です。日本語になっているレクリエイションのもとになった動詞はこちらですね。

　私がなぜこんなこまかいことをいったかというと、私は子供の時、とくに辞書を熱心に引いたからです。そして英語の文章の意味をこまかく自分の頭にいれて、自分の日本語で内容がいえるようにしたのです。そしてほかの場合にも、ああ、これはあの英文でいっていたことと同じだ、と自分で判断できるようにしたからです。英語を英語のまま理解するということは、もちろんいいことです――帰国子女の方は、実際にそうでしょう――。しかし、私はこうしたんです。私の育った環境ではこうするほかなかったんですね。そうすると、英語の本を読む時間は――日本語の本でも、きちんと読むとそうですよ――長くかかりますが、あきらかに、ためになります。

　柳田《やなぎた》國男という学者が、先生から教えられたことをそのまま真似《まね》るような勉強の仕方をマナブ――マネブという古い言葉と同じ――、それを自分で活用することもできるようにするのがオボエル――自転車の乗り方をオボエルというでしょう――、そして教えられなくても自分で判断できることをサトルと分けました。マナブからオボエルに進まなくてはならないし、できればサトルようになりたい、といっています。

さて、re-create は、あるものをはじめて作るのじゃないけれど、はじめて作るのとほとんど同じように、もう一度作る、ということなので、私は②のように訳しました。

音楽のすばらしい演奏家は、たとえばショパンが創造した作品を、私たちの前で――私たちとともに――はじめて創造するように、あらためて創造してくれます。演奏とは re-create することだ、と私は考えています。

私の勉強のやり方

1

中学校での話の続きです。ここでは、さきに私が訳した文章に出てくる人の名前と、本の名からお話しすることになります。けれどもね、これも私が子供の時にやった勉強の仕方を説明するのに必要なことをとして、それをいうのですから、いまの皆さんは、プラトンというギリシアの哲学者がいたこと——紀元前五世紀の終わりの方から前四世紀のなかばまで活躍して、アテネに「アカデメイア」という学校を作った。ソクラテスの弟子だった——だけ覚えてください。そして大学に入るころに思い出したなら、プラトンの「対話篇」というかたちの本の幾冊かを読んでください。

それが私の勉強のやり方でした。私はひとりでできるこの方法を、十歳の時、父が亡くなって、直接に質問できる人がいなくなってから発明しました。じつはいまも、その勉強の仕方でやっているのです。

それにも証拠があります。今日、皆さんに話そうと思いたって、私は準備を始めました。その時、なにも見なくてもすぐ頭に浮かぶことはあります。しかし、私は自分のカード・ボックスの――それはいま、タテ型ピアノほどの大きさです――「教育」という項目を調べてみます。それは子供の私がノートに、分類もなにもしないで書きつけていたやり方と、原理的には同じものです。

そして、しばらくまえに面白いと思ったことのある、ノースロップ・フライの本の名と、その教育についての意見の書いてあるページ数を読みとります。それからフライの本を書庫で探します。その本には、読んだ時の赤線や書き込みがあって役にたちます。

続いて、私のやることは『プラトン全集』から『メノン』の入っている巻を取り出すことです。そしてフライがいっているとおりそこに書かれているかどうか、確かめます。

ところが、今度は皆さんの前で話そうとしているわけです。それが動機になって、とくに私の目につくところがありました。プラトンは、さきに「対話篇」といいましたが、かれの本を、先生のソクラテスとほかの人たちとの対話のかたちで書きました。フライが書いていた、生徒より先生の方が多く質問する、というやり方そのままの対話です。それは、生徒が言葉にはできていないけれど、心のなかではよく知っていることを、表に引き出してやるためなのです。

この『メノン』という本は、アテネの人からいえばよその都市国家から来た、メノンという若い人に、ソクラテスが話をするかたちで書かれています。いま、道徳教育をどうするかということについて、いろんな人がいろんな議論をしています。なぜ人を殺してはいけないかとか、個人である自分と、政府の方針、国の進み方と——公と書いてオオヤケと読んだりしていますが——どちらが大切かとか。

それを教わらねばならない皆さんが、いちばん御苦労なことなのですが、その「道徳」とはすこし意味のちがっている「徳」ということが論じられている本です。

私は皆さんが『メノン』という本の名を覚えておいて、岩波文庫にもありますから、やはり大学に入るころに読んでいただきたいと思います。さて、私のこれまでの勉強の仕方のひとつ。子供の私はその時の自分には読んでもよく理解できないようだけれど、いつかは読もうと思う著者の名と、本の名をノートに書いておいたのです。また、なぜいま、いつかは読もうと思うのか、自分として興味のある点を、その年齢の自分の理解する範囲で書きそえておきました。それも、これこれの、いま自分が読んでも面白い本に、その部分がこのように引用してある、と書くことが多かったのですが……

そして幾年かたって、実際にその本を読み、思っていたとおり良い本だと、自分で確めることができた時は嬉しかったものです。野球で、ジャストミートということをいうでしょう？　本と、それを読む自分とのジャストミートということがあるのです。本を読む能力と――成長期では、年齢とおおいに関係します――、その本のための準備の読書、そしてそこまで生きてくるうえでの経験が、それを作り出してくれるのです。

あなた方が、ある本とジャストミートするためには、それを読むことを急ぎすぎてはなりません。しかも、いつも自分の知らない本に目を光らせていて、これは良い本らしいと思ったら、まず、その実物を本屋なり図書館なりで、見ておくことです。余分のお金があったら、買っておくのがいちばんいい。そしてずっと忘れないでいて、ある日、その本に向かってバッター・ボックスに入って行くのです。

2

さて、皆さんがこの『メノン』という本をよく覚えておいてくださるように、そのなかの愉快な部分についてお話しします。皆さんのなかで、もう初歩の幾何学をやった人たちにはわかりやすい部分です。私は、まだ新制中学生の時、いまの韓国にあった旧制高校から敗戦後すぐ帰ってきて、もう戻ってゆけなくなった――日本人の学校ではなくなっていました――若者から、旧制中学でかれの使ったいろんな教科書をもらいました。なかでも、幾何の入門書はひとりで勉強できるので、熱心にやったものです。

ソクラテスは、人間には教わらなくても知っていることがある――これはプラトンの考え方のなかでも重要なひとつですが、ここではそれ以上、立ち入らないことにします――ということを証明するために、さきにいった対話のなかで、メノンの召使《めしつかい》の少年を呼んできてもらって、幾何の図形をめぐってかれと対話をするのです。まずソクラテスは正方形ABCDを地面に描きます。対話は哲学の勉強のための方法なのですが、それも戸外を歩きながら話していることがわかります。

そして、このEG、HFもそれぞれの辺の中央から引かれていることをいいます。ギリシアの数え方で、ABの長さを二プゥスとするといって――フランス語の古い長さの単位に、足という意味のピエとその十二分の一のプスとがあります。ほぼ一インチのプスと、このプゥスの長さは大体同じ、と考えていいのじゃないでしょうか――全体の面積が四(平方)プゥスだと召使に答えさせます。そのうえで、この図形の二倍の図形はいくらか、

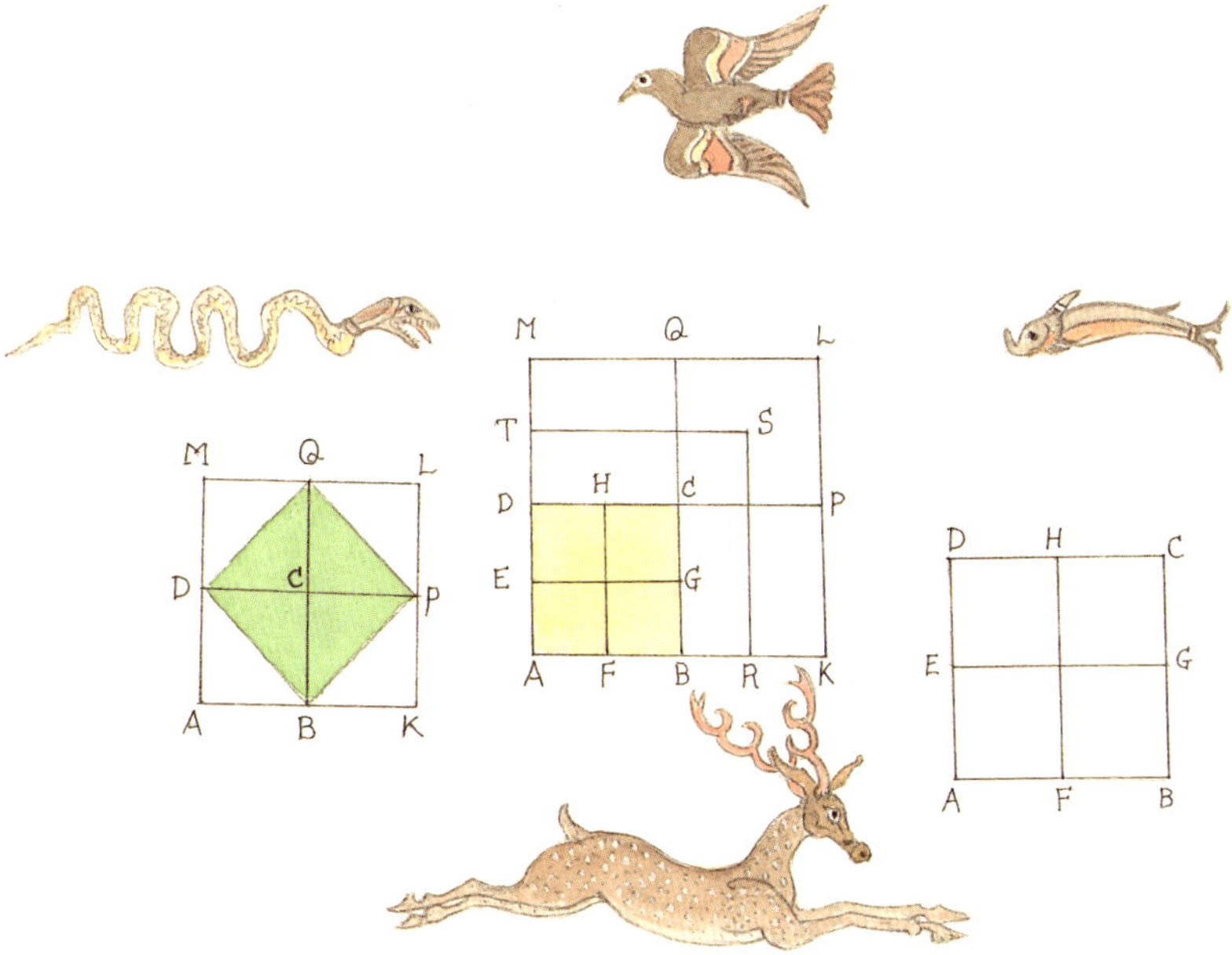
M Q L
D C P
A B K
M Q L
T S
D H C P
E G
A F B R K
D H C
E G
A F B

と少年にたずねます。もちろん、少年は八（平方）プゥスだと答えます。それじゃ、その図形の一辺は何プゥスになるだろう、とたずねられると、少年は、

――むろんそれは、ソクラテス、二倍の長さのものです。と答えてしまうのです。（岩波書店『プラトン全集』）

これは、まちがっています。そこでソクラテスは、もうひとつ図を描いて少年に質問をし、かれが自分で自分の間違いを発見するようにします。このAKLMの正方形の面積は、最初の図形の四倍の面積ですね。一辺が三プゥスの図形もちゃんと描いてあります。そして、あらためてソクラテスが、数でいえなくても、どれくらいの大きさの辺か指で示せと、さきの図形の二倍の面積の正方形の辺の長さについていうと、

――いや、ゼウスに誓って、ソクラテス、私にはわかりません、と少年は答えるのです。

続いてソクラテスは、図形AKLMを単純化します。そして、DBを、学者たちが図形ABCDの対角線といっていること、そしてそれを一辺とすると、ここにある図形の面積の二分の一の正方形ができる、ということを少年に認めさせます。それを少年は、自分の目で図を見てすでに理解しています。四倍の二分の一ですから、最初の図形の二倍の、つまり目的のものです。

この実験を材料にして、『メノン』に、「想起」と訳されている、プラトンとしての中心

問題が話されるのですが、それについてはやがて皆さんがジャストミートの読書をされるまで待ちましょう。

ここで大切なのは、哲学の古典であれ、子供の時にその愉快な解説を聞けば、たいてい忘れないし、それを大人になってからの学習に——学問とさえいえるものにすら——つないでゆける、ということです。私は自分が、あの四国の森のなかでひとり作った読書のためのノートと、その勉強の仕方をずっと続けて、現在の私がいまここにいる、としみじみ感じます。

3

私が自分の教育に成功した、というようなことをいっているのではありません。現在の自分に満足している、というのでもありません。私が自分のやり方でやってきた、読書を中心とする教育に、沢山の穴ボコがあるのを発見していることは事実だからです。それをいくらかなりと修正するために、とくに五十代の終わりから毎日の努力を集中している、といってもいいほどです。そこで一度は小説を書くことをやめて、本を読むことをやりなおそうとしたくらいです。これから幾歳まで生きるかわかりませんが、おそらく最後までその穴ボコを全部埋めることはできないでしょう。

ただ私は皆さんに、子供の時にあなたがはじめる自分のための勉強は、切れ目なしに一生続けることができるということを、私の経験からお話ししたかったのです。そして、子供の時に、よし、このように生きてゆこう、と考える、そして自分なりにはじめる生き方は、一生続く、ということもいいたいのです。急いでつけ加えるならば、それには修正がきく、自分でこれがもっと良い方向だと思う修正がきく、とも考えていますが。

この続いている、ということが大切なんです。私は皆さんに宿題として読んでおいていただいた文章に、そのことを書いたのです。学校に行って勉強することは、私の母親のいったとおりに繰り返すならば、大人になれないで死んだ子供たちの、その言葉からなにから、全部を、自分のなかで続けてやってやるためでした。つなぐ、といってもいいでしょう。自分の意思で続けてやろう、とすることが、つなぐことです。自分を、大人になれないで死んだ子供につなぐ、ということもそのひとつ。

私は子供の時に自分ではじめたことをつないでゆこう、と考えて、これまでずっと勉強し、仕事をしてきました。それでいて、子供の時の私は、自分が大人になったらば、いまの自分とはすっかりちがった人間になるのだろう、と思っていたんです。子供の私から見て、大人はみんな、いかにも大人らしく、子供とはちがう人間に見えたものですから。

しかし、私はいま大人になって、しかも、もう老人といっていい年齢になっています。さきにお話ししたプラトンの『メノン』に出て来る対話の際のソクラテスは、その死の時より三年前の年齢に設定されているようです。つまり、ソクラテスが六十七歳のころになりますから、大体、いまの私の年ごろです。そのいま、はっきりわかることはですね、なにより大人と子供は続いている、つながっている、ということなんです。これが、いままで生きてきた私が、もし子供だった半世紀前の自分になにかいってやることができればいいたい、いちばんの秘密だ、と思うくらいです。

さらに、自分の生きてきたやり方がまちがっていた、と考えることになったら、そこで死んでしまったりしないで、生き方をやりなおすことができる。それは、さきに大切なこととしていったとおりです。少し難しくなりますが、それも自分の新しいつながりを発見することだと思います。

しかし、基本的には、つまりたいていの人にとっては、子供の時から老人になるまで、自分のなかの「人間」はつながっている、続いている、と考えていいと思います。そしてそれは、自分ひとりのなかの「人間」が、日本人の、そして人類の全体の歴史につながっている、ということですね。私の母は、そのことを私に教えてくれたように思います。

そしてこれは、未来についていうと、皆さんが大人になった時の自分と、いまあなたのなかにある「人間」が続いている、ということです。そしてさらに、未来の日本人、人類につながっているということです。どうか皆さん、いまの自分のなかの「人間」を大切にしてください。それが私のいちばん皆さんにつたえたい言葉です。

人の流れる日

1

私の記憶にきざまれているかぎり、戦争の終わった年の秋から冬にかけてと翌年の梅雨《つゆ》の間、そしてまた秋から冬にかけて、大雨が続きました。強い風もともなっていました。真夜中、ずっと停電したままの暗闇のなかで、母親をかこんだ子供らがお茶の間で小さな輪を作って坐っている――ローソクの灯にお互いの不安な顔が浮かびあがる――情景を思い出します。

雨音にまじって風の吹きすさぶ音が高くなるたび、増水した川の水の流れる音、向こう岸の山林を揺さぶる風音、それにギリギリいう強い音が間近にせまるのでした。

このギリギリいう音は、川へ降《くだ》る狭い敷石道ひとつへだてたお隣の、大きい家がたてる音なのです。その家の二階につらなる壁が、全体に私の家の方にかたむいているのは、私が弟を助手にして、分銅《ふんどう》をつけたタコ糸でやった調査で確かめていました。隣の家が私の家におおいかぶさるようですらあるのは、そんなことをしなくても、敷石道から見あげるだけであきらかでしたが……

東京での現在の生活だったなら、こういう状態であれば、お隣に抗議に行って、補強構造をとりつけるなりなんなり、手を打ってもらおうとするでしょう。抗議が聞きとどけてもらえるかどうかは、また別の話ですが……

しかし私の母は――もう祖母と父は亡くなっていました――お隣の小母《おば》さんに苦情をいうつもりはないのでした。お隣でも、戦争中、また戦後の混乱期に、そう簡単に工事をはじめることはできないはずでしたし、そのように「コトをアラだてる」のは、当時の村の生活の、隣同士にふさわしいことではなかったからです。

そこで雨風の激しい停電の夜には――ほとんどつねに停電しましたし、それがなおるのはたいてい翌日の昼過ぎでした――私の家で、いまもよく覚えている情景が見られることになったのでした。

あれらの年、大雨が降るたびに谷間の川が増水して、私の地方では「大水《おおみず》」が出る、といいましたが、たびたび氾濫《はんらん》するようであったのは、戦災で焼かれた住宅を再建する必要にせまられて、無計画に山林の樹木を伐り倒したからだ、ということでした。

いま「大水」という言葉を書きつけながら、あわせ思い出していたのは、鉄砲水とか山津波《つなみ》とかの、さらに恐ろしくもあり、興味を強く引かれることのあった言葉です。また、川の上流から垂直に切りたった水の壁が押しよせてくるという——やはり驚きながら話を聞いた——光景です。

植林は早く実施されて効果をあげたし、また徹底した護岸工事も行われたので、このところ「大水」は見られない。そう私の郷里の人たちはいっています。そのなかの若いグループが中心になって、コンクリートの目立つ新しい川岸の内側に木を植えたり、川の流れをめぐる環境を自然に近いものに戻そうとする運動も、すすめられています。

さて、私がこれから書こうとしているのは、「大水」についての思い出です。それも、暗い真夜中、雨風《あめかぜ》のなかで、家の下方を激しく流れている川にどういう思いをいだいたか、ということではありません。増水して音高く流れてはいるが、自分たちは一応川の危険からまぬがれている昼間、胸をドキドキさせて見物した一大スペクタクルの思い出なのです。

そうしたことがしばしばあった、というのではありません。「大水」の多かったあの一、二年の間にも、私自身、二、三度出くわしただけだったはずです。しかしそれらが、私の幼少年時の、もっともめざましい自然現象として記憶にあるのです。

恐ろしかった雨風の夜が明けて、まだ雨は時をおいて強くなるけれど雲も暗くはない昼前に、町並みにそった道路の川上《かわかみ》の方から走って来る数人の男たちの、

――人が流れるが！　という叫び声が響いて、出来事ははじまりました。

この強く発音されるがという助詞は、その上の単語や文節を強調し、注意をうながす働きをしていました。それはまた、驚きや感嘆の思いをこめているようにも、聞こえたのでした。

走って来る男たちの叫び声を聞くと、町並みの人たちは、仕事もなにもほうり出して、道路に跳び出します。子供たちはいうまでもありません。そしていっさんに、川下《かわしも》に向かって走り出すのです。自分らも叫びたてながら。その叫び声が、アメリカ先住民の襲撃をつげる西部劇映画の電信のように、次つぎに危機をつたえて、走る者たちよりも早く届いて来ていたのです。

私ら子供たちが、叫び声を聞いて家を跳び出し、走ってゆく先はきまっていました。町並みのほぼ中央で、川向こうの集落への道路がコンクリート橋を渡っています。その大橋の上の、条件の良い位置に陣どって、「流れる人」が濁流に乗ってやって来るのを待ちか

まえるのです。

2

私たちの谷間を流れる川は、ふだん十メートルにみたない幅です。瀬になった浅く広いところでその程度の川幅ですから、こちら側が岩で、向こう側が密生した竹藪《たけやぶ》であるような、流れの深いところではもっと狭くなります。陽の光に水が透きとおって、川底の砂利《じゃり》の上を小魚の群れがさかのぼってゆくのが見える、というのが日ごろの眺めなのです。

町並みはごく短いので、そこから出はずれると、キラキラ光る穏やかな川が道路脇から見おろせます。季節には鮎《あゆ》が上り、まだ肌寒いうちから子供たちは泳ぎます。少し年長の者らは、川の向こう岸まで泳いで横切れるだけ水が満ちてくる、数日雨が降り続いて川水が薄青の不透明になる「ささ濁《にご》り」の日を待ち受けたほどでした。

その静かな川の様子が、「大水」では一挙に変化しました。川幅は三十メートルを超すほどにもなります。そこを濃い土色に濁った水が、ものすごい勢いで流れくだります。とくに流れの激しい川の中央は、いろんなものを押し流しながら、小山のように盛りあがって見えます。川にかかっているコンクリート橋は、長円形の、二本の太い橋脚に支えられ

ています。幅のひろがった川にしっかりと突き立って水流をしのいでいる、その二本の橋脚の間の橋の上が、見物にとっていちばんの場所なのです。

そこへは、小山のように盛りあがって見える勢いの水が正面から押し寄せてきます。盛りあがって流れてくるのは、上流で起こった崖崩れや、大きく増水したために押し流された、破壊された家、倒木、さらに思いがけない種々雑多のもののかたまりです。建っていたかたちを保ったまま、流れて来る家もあります。なんとかその屋根によじ登って溺れることをまぬがれ、流れてくる人を見つけた者の叫び声が、

——人が流れるが！　なのです。

私が初めて見た「流れる人」は、古い農家の建物に乗っかってやって来ました。ぶあつい茅葺《かやぶ》きの屋根がかたむいて、なかば水につかっています。反対側の高いところに横向きに腰をかけて、もう老人に見える「流れる人」は不機嫌そうにうつむいていました。見物人のことになど注意をはらいませんでした。もう長い距離を流れてきて、橋の上の私らのあじわっているような昂奮は、この人のなかで静まっていたのでしょう。もう少し流れてゆけば、川幅はさらにひろがって、勢いはゆるやかになり、やがては船が坐礁するように、流れる家は停まるはずです。そこには、消防団の人たちが救助しようと待ち受けてもいるのでした。

高校で友達になった同級生に借りていた井伏鱒二《いぶせますじ》の『厄除《やくよ》け詩集』を読んだ時、私はあの「流れる人」のことを思い出しました。尊敬の味もする懐かしさで……

峯の雪が裂け／雪がなだれる／そのなだれに／熊が乗つてゐる／あぐらをかき／安閑と／莨《たばこ》をすふやうな恰好で／そこに一ぴき熊がゐる（「なだれ」）

3

私が見た「流れる人」の、もっともドラマティックな様子は、次のようです。盛りあがってやってくる流れの中央に、二軒の小さな家が隣り合っていました。瓦葺《かわらぶ》きの屋根の一方に、谷間の学校で一年か二年上の、女子生徒が乗っていました。浅黒い、男の子のようにひきしまった顔の、小柄な子でした。あの場面では、私がすぐその人だと認めることができていたか、幾分あやしいのですが……

記憶にはっきりしているのは、橋の手前でその人影が起こした行動です。少女の乗っている家は、そのまま進めば、橋脚のひとつに正面衝突するはずでした。ぶつからなくても、橋脚にさえぎられる水流の起こす大きい波で、引っくり返されるでしょう。橋の上から、おもに大人たちの、危険を呼びかける声があがっていました。

少女は、自分で、近づいて来る橋脚を見て、冷静、果断に、やらねばならないことをきめたのだと思います。少女は、少し離れているもう一軒の家の屋根に跳び移りました。彼女の乗っていた家は、橋脚に衝突して沈み、もう一軒の家だけが川下へ流れくだってゆきました。小鳥かなにかのように、そのトタン屋根にポツンととまっている、なにか堂々とした少女を乗せて……

下流のゆるやかになった場所で救助された少女は、村の伝説の人になりました。これはもう戦後五年目のことですが、新制中学の子供農業協同組合の組合長にされた私は、ヒナを育てる温室のための仕事を社会科の先生の協力でやりとげましたが、それより他は、生徒のこまごました預金を集めて大人の農協に届けるだけの任務でした。

それでも勇んで仕事を続けたのは、農協の側で預金を受け入れる係が、あの少女だったからです。生徒の預金の額はちゃんと集計してゆくのですが、紙箱のなかの、たいてい硬貨のいちいちの金額と対照しなければならないので、少女は、私が現れるのを見るといつも、大声で不平をいったものです。

――ああ、チビ組合長が来ると、いやになる！

また幾年かたって、その娘さんが、奥さんも子供もある農協の上役と、大阪の方へ逃げていったという噂を聞きました。事実かどうか、確かめたのではないのですが、噂をつた

える大人たちがみな、非難の口ぶりであったのに、私は胸のなかで——黙ってではありましたが——別の考えを持っていました。

——「大水」のなかで、屋根から屋根へと跳び移った女の子が、決断したことだ。それは正しいだろう！

私が大学に入って選んだのはフランス文学科で、サルトルという作家、哲学者をおもに読んでいました。そしてかれの本によく出て来た、

choix 選択、 dignité 威厳

というフランス語の単語を見るたびに、「大水」のなかの少女の、屋根から屋根へと跳び移る様子を思い浮かべたのでした。

生きるための——生き延びるための——選択は、結局ひとりでやるほかありません。自分にも、必死でそうしなければならない時がおとずれるだろう、そう私は思いました。その時、あの少女のようにしっかりとやりとげて、しかも新しい屋根に乗って流れくだる少女の、小さいけれど堂々とした——威厳のあった——あの様子に近づきたい。自分にそうできるようだったらどんなにいいか、とも……

タンクローの頭の爆弾

1

私が子供だったころ、もう「のらくろ」や「冒険ダン吉」のブームからは遅れた時期だったためもあり、新しい漫画に面白いものはなかったように思います。時代の、というか社会のというか、全体の気分が漫画には不似合いだった、ということもいえるでしょう。漫画の本を手にいれる、ということ自体、難しかったのです。少し前の出版の、いまいった「のらくろ」や「冒険ダン吉」の本は、布表紙の厚くてしっかりした作り方で、いまのコミックスとくらべても、上質の本だったように思いますが。私が国民学校に入る前に持っていたのは、母親が苦労して手に入れてきてくれた、『タンク・タンクロー』一冊きりでした。

もうひとつは――一冊、とはいえないのです――どうして家にあったのか、外国の新聞や雑誌から切り抜いたものが箱に入っていました。それらは「猫のフェリックス」というのと「アルファルファじいさん」というのと、二つのシリーズでした。

戦後もずっとたって、とくに「猫のフェリックス」の漫画は新しい外国の雑誌で見かけたし、それをプリントしたTシャツすら発見しました。「アルファルファじいさん」の方も、偶然テレヴィでフィルムを見たことがあります。しかしそれらが、自分の記憶のなかのものとはどこか違う、という気持があって、本当にはなじめませんでした。

ところがカリフォルニアのバークレイという町で大学の仕事をしていた時、そこから地下鉄で行けるサンフランシスコの古本屋で、懐かしい「猫のフェリックス」にめぐりあいました。古本屋といっても大きい建物の、二階の奥にあるめずらしい本を集めた特別な部屋に、戦前の「猫のフェリックス」の雑誌やら、その付録らしいものを集めてひとまとめにしてあったのでした。

しかし、私がたびたびその古本屋にでかけていたのは、詩人で版画家のウイリアム・ブレイクの、当時新本では手に入らなかった資料を集めるためでした。その日見つけていた

ブレイクのすばらしい版画入りの本と同じ値段だったので、長い間考えたのですが、ブレイクの方を買いました。店の若い人が、御主人には内緒だといって、フェリックスの絵を一枚コピイしてくれたのは、私があまり真剣に、どちらを買うか考えこんでいたからだろうと思います。

『タンク・タンクロー』は、表紙にカバーをして大切に読みました。その仕方を教えてくれたのも母で、私はいまも同じやり方のカバーを、和菓子の箱の包み紙や、カレンダーの紙で本にかけてから読みはじめます。もう五十年間もやっていることになります！

タンク・タンクローは黒い鉄の球体に穴がいくつも開いた身体をしています。その穴から、サムライのようにチョンマゲをつけたドングリマナコの顔が出ているのです。長靴をはいた足も、もちろん腕も穴から出ていて、それだけじゃなく、飛行機の翼やプロペラまで出て来ます。

武器としていろんなものが必要なのは、タンクローが戦場にいて、キー公という小さい猿を、部下というより友達のようにして、一緒に、敵軍と戦っているからです。

タンク・タンクローを作り出した漫画家は阪本牙城《がじょう》という人でした。そこで、私は口から二本の牙《きば》の出ている男の人を、本のカバーの中央に描いていました。ある時、それを見た父親から、牙城というのは大将の旗じるしの立っている陣地のことだ、と教えてもらいました。小学校に入らないうちから、戦争ごっこはやっていましたから、父のいったことはよくわかったのです。

私が大人になってから、タンク・タンクローの思い出を書きましたら、雅城というサインをした南画《なんが》――中国から来た、淡彩や墨の柔らかな描き方の絵――の画集と、作者の家族の方からの手紙をもらいました。いかにも戦争の時代の感じがする名前から、優美な城という名前にあらためられたのか、と思いましたが、御本名のようです。それでも、ちゃんと漢字の熟語として意味のある牙城の方がいいのに、と私は思ったものでしたが。

2

ここで話が変わるのですが、しばらく前のこと、中国の朱鎔基《しゆようき》首相が日本に来られました。政治家や実業家たちとも会われたようですが、テレヴィをつうじて日本の市民を相手に対話をされました。ひとりの首相と、百人の市民の対話だということですから、出席していても発言できなかった人たちは多かったでしょう。それでも対話の集まりが計画されたことはよかったと思います。

これはもっと以前のことになりますが、やはり中国から来られた、政府の高い地位にある方を歓迎するパーティーに出席したことがあります。日本と中国の文化交流をすすめる会のひとつに入っている私は、その方のされる話を聞きたいと考えて、券を買って出かけたのです。

会場に入ったところで、歓迎する日本人の側の作ったものだと思いますが、パーティーの出席者の全員が政治家に挨拶するシステムができていました。みんな、長い列に加わるほかありません。思ったより行列は早く進みましたが、私の挨拶の番が近づいたころには、政治家はもうアキアキしていられるようでした。

私の前の老人と——対中国貿易をしている人のようでした——握手をする時、もう政治家は私の方を向いていられます。その間、握手をする人の会社の名前ほかが、脇から通訳されるのですが、よく聞いていられるとは思えませんでした。そして私が握手する番になると、政治家は次の方を見つめていられるのでした。

お父さんに連れられてあなたたちがこのような会に行ったとしたら、大人たちは、なんと無意味な儀式をするものか、と不思議に思われるでしょう。私は大人ですが、やはりそう感じたので、あれ以来、外国の政府の偉い人の歓迎会には行かないことにきめています。じつは朱首相の日本訪問でも、大きいパーティーの案内状をもらいましたが、出かけませんでした。テレヴィで一般の市民たちと対話の会が開かれるということを知って、その方

がどんなに良いことか、と思ったのはその理由からです。

3

新聞の記事を見るかぎりでも、質問と答えはよくかみあっていたと思います。

私が大切なことだと感じたのは、「一九九五年に（当時の）村山富市首相が概括的にアジアの人々に謝罪したが、日本はすべての公式文書の中で一度も中国に対し侵略戦争について謝罪していない」という、朱首相の具体的な指摘でした。

私は日本の政府の高官といわれる人たちが、外国に行ってする——とくにアジアの国々に行ってする——あいまいな内容を美しい言葉で包んだ挨拶がいつも気になります。包装はきれいだけれども、開けてみると、自分の欲しいものはなにも入っていないお客さんのお土産《みやげ》に、内心がっかりしたことを、みなさんは覚えていませんか？

私は中国の首相の、それを聞いて良い気持にさせてもらう、というのじゃないけれど、しっかりと内容のある言葉を、あの討論に出た、またそのテレヴィを見た若い人たちは、よく覚えてゆかれるだろう、と思います。

もともと、この首相の答えは、日本人の参加者から出た、「いつまで日本に謝罪を求め続けるのか」という問いかけに対してのものでした。あわせて朱首相は、「いつまでも日本に謝罪を求めないが、謝罪するかどうかは日本人自身の問題だ。考えて欲しいと思う」ともいわれました。

これも、しっかりした内容のある言葉だと思います。本当に、それは日本人の問題です。そして、日本人が（自分で）謝罪する決心をし、実行することが、なぜ（自分に）必要なのか、と皆さんに質問されるなら、私はそれが（自分の）誇りのためだ、と答えます。

日本人が、中国に攻め込み、女性に暴行したり、子供をふくむ多くの人を殺したりしたのです——南京《ナンキン》大虐殺は、そのひとつ——。それは、皆さんからいえば、お祖父《じい》さんの世代か、あるいはさらにそれより年上の世代の日本人のやったことです。だから、自分たちには関係がないとは、あなたたちに誇りがある以上、いわないだろうと思います。

これまでそれをよく知らなかったとしたら、学ぶことができます。そうすれば、（自分たち）日本人のやったことである侵略戦争を、国の公式文書で謝ることに、あなたたちは反対しないはずです。あなたたちの仲間で、弱い相手にひどいことをした人が、いつまでも謝らないとしたら、あなたたちは、その人を勇気のない人間だと考えて軽蔑するでしょう。

まだあなたたちが生まれて来ない以前から、いまにいたるまでずっと、歴史の新しい教科書を作ろうといってきた、私と同じ年ごろの老人たちがいます。そして、それは日本の子供たちに――あなたたちにですよ――誇りを持たせるためだ、というのです。どのようにしてでしょうか？　歴史の教科書から、中国はじめアジアの国々を自分の国が侵略したことについての文章を消してしまうことで！

私はあなたたちの多くが、それは話が逆じゃないか、と感じられると思います。そういう逆の話を（自分たちのために）しないでもらいたい、と腹をたてる人もいるはずだと思うのです。日本の中学校、高校のすべての歴史の教科書から、日本人がアジアの国々に対してした、ひどいことの記述が消されてしまい、日本の子供たちがみんなそれについて知ることができなくなったとしても、日本をかこむアジアの国々の子供たちは、それを知っているのです。そして将来、あなたたちはかれらと話しあって仕事もし、新しい世界を作ってゆかなければならないのです。

私が恐ろしいと思うのは、中国の人たちが「もう日本に謝罪をもとめない」と言い出す日のことです。もちろんそれが、日本の政府がとうとう公式文書で謝罪した後で、というのならば、喜ばしいことです。しかし、そうでなくて、中国の人たちが、とくに若い人たちがこう言いはじめたとすれば、将来、かれらとあなたたちは本当に良い関係を結ぶことができるでしょうか？

4

さて、もう一度、タンク・タンクローに戻ります。ある時、タンクローはキー公の不注意で敵軍のライオンにくわえられ、穴に隠れたチョンマゲの見えていた頭を引っぱり出されます。頭はどんどん引きずり出されて、くびは蛇のように長く伸び、そのまま頭は持って行かれてしまいます。キー公が心配して見ていると、重いので後に残された鉄の球体から、元気なタンクローの頭が出て来るのです。タンクローは、長ながと野原に延びているくびのように見えたものを導火線にして、じつは爆弾だったにせの頭でライオンどもを爆破してしまいます。

私はまだ学校にあがらない子供ながら、そこに描かれている敵軍の兵隊のなかに、そのころ大人の使っていた言い方では「支那人」らしい様子の人たちがいることを感じていました。実際には見たこともない中国人についてそういうイメージを植えつける教育が、日本中の子供たちになされていたのです。私はキー公と一緒に心配し、タンクローの計略を知って大喜びしたのですが、それは中国を侵略する日本の軍隊に、子供の心で参加しているつもりだったのです。

私はタンクローが危険なところに追いつめられて、もう助からない、と感じれば、キー公と一緒に心をいためながら――幾度読んでもそうでした――タンクローの活躍で吹っとばされてしまう、中国人を思わせる敵軍の兵隊のいのちのことは、なんとも思わなかったのです。

本を読む木の家

1

子供の時、いろいろ本を読むための工夫をしました。中学校のなかばから終わりにかけてのころで、自分の読みたい本がなんとか手に入るようになってのことでした。もっとも、本が面白いから、というのでもなかったのです。読みはじめればすぐ夢中になるような本だと、工夫はいりません。ところが、先生や年上の友達から話を聞いて、読んだ方がいい、読みたい、とやっと手に入れたのに、実際とりかかってみると読み続けにくい本がありました。

自分で読んでみて、これは立派な学者や作家が書いた本にはちがいないが、自分にはムカない、とわかる本ならいいのです。読むことをあきらめるか、後に延ばすかします。もう、そうした本をいれる本箱も持っていました。もっと成長して、その本が面白くなった時に読めばいいし、それでも興味がわかなければ、自分の責任だ、と考えればいいのです。

ところが、自分でもこれは読んだ方がいいとわかるのに、なかなか続けて読むことのできない本がありました。いますぐ思い出すのは岩波文庫のトルストイの日記です。そして私には、どんな本でも十ページ読んでから最後まで読めないのは、ハジだ、という思いこみがあったのでした。

そこで工夫が必要になるのです。私はそういう特別な本を読むための場所をつくりました。家の裏から川原《かわら》に降りるまでの平たい場所に、母親が畑を作っていました。ある時、私が翻訳の子供の本で、重そうな球体の野菜の名前を知って、

――百歳まで生きて、いつかはキャベツを食ってやる！　といいましたら、人に頼んで種子《たね》を分けてもらい、一応は本に書いてあったとおり葉を巻き込んだ丸い野菜を作ってくれました！

戦争なかばからの食糧不足で、母が畑にした場所は――後では小麦を蒔《ま》きました――、もともと柿の木が植わっていたところです。石垣を積んで川原から段差をつけた畑のへり

には、ビワとイチジクの木。春になって植物が芽ばえ、その若葉が一日でどれほど生き生きと伸びるものか、私が新鮮な気持で観察したのは、祖父や父も品種の改良に加わっていたのらしい、この小さな柿畑でのことでした。

ビワの木に子供が登ってはいけない、という言いつたえが村にあって、どうやって実をとるかを弟と苦心したものです。ある年、イチジクの実が終わってしばらくたった後、ガサガサと乾いた音のする葉かげにひとつ、信じられないほど大きい実を見つけて、「人生」はいいものだと、実際にこの言葉を頭に浮かべたこともありました。

それらの果樹からわずかに抜きん出ているカエデの木があって、私は幹が幾股《いくまた》にも分かれているところに板をしき、縄で固定して、その上で本を読むことのできる「家」を造ったのです。

ずっと後になって、テレヴィの仕事を引き受けた私は、原爆、水爆をどのようになくしてゆくか考えている、世界あちらこちらの人たちに話を聞きに行きました。プリンストン高等研究所で会った物理学者フリーマン・ダイソンには、仕事の話がすむと、その人の息子さんのことを聞きました。高い樹木の上に家を造って住んでいる、と新聞で読んだことがありましたから。

――息子は木からおりた。いまはアラスカの海で、先住民のカヌーを改造したものに乗っている、とダイソンさんは楽しそうに答えました。

さて私は、その木の上の本を読む家で、例の、なかなか読み続けられない本を読むことにしたのです。そうでなくても、一日に一度は、木の上の家の具合を調べなければなりません。その際には、この本を持って木に登る。そこでは他の本は読まない。そうすると、いつの間にか、次のやはり難しい本に移ることができている、というふうになったのでした。

いまの私にとって、本を読む木の家の代わりをしているのは、電車です。大人になると、これは大切な本だということが、経験によって正確にわかるようになります。それでも、やはり読み続けることの難しい本はあるのです。私は週に幾度かゆく水泳クラブへの電車で、そのような本を読みます。水着とゴーグルをいれたリュックに、その本と、それが外国語の本ならば辞書と、書き込み用の鉛筆しかいれておかないので、電車に乗ってしまえばその本を読むことになります。そのうち、水泳を始める前にクラブの談話室で読み続けるようになれば、もう心配はありません。

そのようにして電車に乗り合わせる中学生や高校生諸君が、しばしば漫画雑誌を読んでいるのを見かけます。そうした面白いものは、勉強机に向かっていても――授業の間ですらも――読めるのじゃないでしょうか？　ほかにすることがなくて、三十分がまんしていなくてはならない時間が、通学の際、毎日二度ずつあるとしたら、その時間を、日ごろは読みにくい本をカバンに入れておいて読むことをすすめます。

2

ところが私も、電車のなかで本を読むのをやめて、耳をすましていることがあります。長野県で新しい知事が選ばれた翌週のことでした。女子中学生たちが、知事から渡された挨拶の名刺を折り曲げた局長のことを、テレヴィで見て話していました。

そのうち、ひとりの女子中学生が、

――子供のような、といったので、私は興味をひかれたのです。

子供の時、自分はこの問題を考えたことがあるな、高校に入ってから、辞書を引いて英語の場合を調べさえしたものだ、と思い出してもいました。

最初、私の気になったのは、「子供らしい」というのと「子供っぽい」というのと、二つの形容詞があって、前の方だと、そういわれてもあまり気にならないのに、後の方は腹がたつ、それはなぜだろう、ということでした。

国語辞典を見て、「子供っぽい」というのには、子供でないのに子供じみていると、は

っきり悪い意味も示してあるので、自分の感じていることがわかりました。子供に対して「子供っぽい」ということがあるけれど、それはあまり良いものではない子供らしさについてなのだろう、とも考えました。

「子供らしい」というのは、悪い意味でいう言葉ではないけれど、自分は子供なのだから、好意的にであれ大人に「子供らしい」といわれるようなことはしないでいよう。これは自分で作る規則に加えておこう、と思いました。もともと私は「子供っぽい」性格だと自分で感じていて、それをなおしたい、とも思っていたのでした。

英語で「子供らしい」という場合、良い意味という感じのまさっている childlike と、その反対の childish とがある、と高校生になって私は知ったのでしたが、アメリカの大学で仕事をする機会がかさなるうち、人の振る舞いや、議論での態度について childish といわれるのは、子供のころ感じたよりずっと強く、社会的に非難されていることだ、とさとることにもなりました。

私が電車のなかで耳にした女子中学生の批評は、県庁につとめる大人がもらった名刺を折ったことを、childish な振る舞いだ、と批評したわけです。

それに対して、もうひとりの女子中学生が、私の父もそういっていたのだけれども、と断ってから、

――しなやかな県政、というのがよくわからない、といいました。こんな抽象的な言い方をされては、困ると思う！

プールに着いて泳ぎはじめてからも、私は考えていました。中学生や高校生から手紙をもらって、きみたちには勉強でも生活でもしなやかにやってもらいたい、と先生からいわれたが、抽象的でよくわからない、と質問されたとしたら、どう答えればいいだろう？

私は、こう答えよう、と思ったのです。皆さんが先生の言葉を抽象的だと感じたら、ともかくそれとしてどんな意味かということを、辞書で調べてみるといい。「しなやか」なら、まず上品なさま、たおやか、と定義してあるものがあるけれど、これは古典を読む際に注意していればいい。続いての、しなうさま、弾力にとんでたわむさまというのが、きみたちの生活のなかで生きている。語源のことがしっかり書いてある辞書だと、「しなふ」という古語の動詞とくらべてもあるだろう。草木が重さでたわむ、風に吹かれてたわみ、なびくこともこういう。それにたとえて、しなやかな様子をいう、とか書いてあるはずだ。それも、覚えておこう、と私はいうだろうと思います。

さて、それから、きみたちが生きてゆくうえで、ひとつ具体的な問題を、きみたちのできる範囲で解決しなければならない、ということができてくるとしよう。中学生にも高校生にも、いまの世の中ではどのように生きるか難しい問題はいくらでもあるのだから。

その時にね、しっかり考えてから、自分はこの問題に「しなやかに」取り組んでいるだろうか、ときみが検討してみるとする。それは確かに抽象的な言葉ではあるけれど、具体的な手がかりになるはずだよ。人間らしくということに近い言葉だということも実感できれば、それは、これからのきみの決定の仕方に光をあててくれるのじゃないか？

それに加えてね、さきの古い言い方での「しなふ」が参考になる。力がかかってきても、ポキンと折れない、それがプラスの意味。私の知っているかぎり、自殺してしまった人たちのことを思うと、かれらにはかれら自身の重い問題が本当にあったと知りながらいうけれど、やはり「しなやかさ」をなくしていた、と残念に思わないではいられない。

ところが、強い風になびくように、ということには、マイナスの意味もある。先生や親や先輩たちの圧力に——また、横からや、下からの圧力もあるから難しいんだが——すぐなびいてしまうということは、あまり良くない。そのことも覚えていてください。

3

カエデの木に造った小屋で本を読んでいる私に、母親は畑をたがやしたり、種を蒔いたり、野菜を穫り入れたりしていながら、なにもいいませんでした。お隣に下宿していた女の先生が、あの上で居眠りして落ちると危ないから、とあなたのお母さんにいったら、あの子は自分であのようにしているのですから、と相手にされなかった、と憤慨していたほどです。しかし、カエデの木の周りは小さな石も拾って、柔らかく土をならしてあったように思います。

そこで私は、きゅうくつな小屋の床でからだを折り曲げながら本を読み、しかしどうしても難しい本なので、すぐにも目をあげて、川の向こう岸の林を眺めることになったものです。そしてほかのことを考えたのですが、それまで本を読んでいた頭の働きの続きで――走っていると、すぐにはとまれないように――日ごろ、自分の考えているやり方より、もっとしっかりしたかたちで、考えることができると思ったりもした。

考えるというのは、つまり言葉で考えることなんだ、ということに自分で気がついたのも、その木の上の、本を読む小屋でであったことを思い出します。林の木々の一本、一本がまっすぐ立っているのを眺めるのが好きで――それがあったから、どうして木はまっすぐ上に向かって伸びるのか？　と父親に質問したのだったようにも思います――、人間も（自分も！）ああいうふうであったらいい、と思いました。その人間の生き方への思いのなかには「しなやかさ」が、そして大学に入ってから知ることになる、upstanding、まっすぐひとり立つ、という英語の感じが、ふくまれていたように感じます。

「うわさ」への抵抗力

1

さきの文章を読んだ人から、あなたは長野の新知事の「しなやかさ」という考え方をまじめに説明していたけれど、知事が作家として、といっても小説よりエッセイで活躍していた時、あなたについての「うわさ」を対談でひろめていた、本として出版されてもいる、と教えられました。

みなさん方も「うわさ」とか「告げ口」とかいう子供社会のいやなことが、大人になればなくなるだろう、と楽観していられるはずはありません。私はジャーナリズムで尊敬されている人からも、そういうことを続けられてきましたが、結局それを批評だとは思うことができませんでした。

教えられた本に出ていた「うわさ」は、私がある出版社の——確かに大きくはないけれど、私の本棚にある日本語の本で専門的なものには、そこから出たものが多いところ——編集者には会いさえもしない、というのがひとつ。

事実として、小説家であるけれど研究者ではない私が、その出版社の編集者から仕事をしたいと申し込まれたことはありません。もっとも、自分で買って読む本の出版社を、永年の経験に立って選ぶように——皆さんも、そうしてください——私が自分の、年に一冊を超えることのない本を出版する際に編集者を選んできたことは、そのとおりです。つまり、この話には、事実ではないけれど、ありそうな話という、「うわさ」のひとつの性格が見られます。

もうひとつの「うわさ」は、私がノーベル賞をもらったことと、それまで家内と一緒にたびたびスウェーデン大使館のパーティーに出たこととを結びつける、というものです。

私の家庭には、年齢からいえば大人ですが、ひとりで家に残しておくことのできない光がいます。ストックホルムの授賞式へも一緒に行って、足の悪いかれを私が脇から支えていましたから、これはよく知っている大きい新聞に、障害児を売りものにしている、というのや、この子供ぐるみの受賞といえるものだというのや、つまり攻撃的なのと、理解を示した様子のと、二種の「うわさ」がのりました。

それは単に、息子をひとり残しては私と家内が長い旅に出られないからでしたが、私たちはかれについて来てもらって本当に良かった、と話し合ったものです。授賞式というようなものは、大きいほど、辛いことや望ましく思わないことがつきまとうものですが、その光が、バルト海の入り海に向けてあずま屋のように突き出ているホテルの部屋で、ひとり私たちを待っていなければならなかった日に作った『海』という曲を聴くたび、アルフレッド・ノーベル氏の百年前の決心に感謝の思いを抱きます。

そこで授賞式の後、スウェーデン大使館で開かれた内輪のパーティーに家内と一緒に出かけてお礼をいったことがあるきり、他の大使館にふたりで行ったことはないし、私ひとりでもまずそうしたパーティーには出ません。外国の大使館すじで、英語でいう悪い意味の有名さの notorious な「うわさ」が、これは事実にそくして、ひろまっているほどです。

どうしてさきのような「うわさ」が語られるか？　それは事実とは無関係に、悪意と軽薄さが「うわさ」の運動のエネルギーとなっているからです。もともと「うわさ」にそういう性格があるのです。

2

そこで私は、皆さん方に、「うわさ」への抵抗力を強くしてもらいたい、と思います。そのためには、ふたつの側面から努力すればいいのです。

まず、ある「うわさ」を聞く、とします。それを信じる前に、周りの人のいっていることなら、それより他の人たちの意見も聞いて、本当かどうかを確かめてみてください。新聞の報道だと、ひとつの「うわさ」が気にかかれば、それに声をあわせるもの、それと反対の情報がのっているもの、中立のものと、数種の新聞を調べてみることです。それには図書館が便利です。

「うわさ」を聞いて、それがあやしげな、いかがわしいものであるほど、かえって勇みたって、それをふくらませすらして発信して、面白がってもらおうとする人がいます。私は、そういう性格の人には、有名な人物でも、冷淡な気持しか持ちません。

もうひとつの側面からの努力は、こうです。それが根拠のない「うわさ」である時、しかも自分がそのなかにいる社会で——遊びの場や教室で、また家庭に帰ってでも——「うわさ」がひろがってゆこうとするのへ抵抗することです。「うわさ」は誰もが面白がるし、感染する力が強いようで、じつは、本気でその「うわさ」に抵抗する人がいれば、とくにはじめのうちならすぐ打ち倒せます。

それでいて、その弱い「うわさ」が、ある程度以上に大きくなると、危険な、別の種類の力を持つのです。あなた方が、世界の歴史を勉強して、なによりためになることに、そのような「うわさ」がどれだけ大きく不正な力を発揮したか、その実例を知ることがある、といいたいくらいです。それらの、人類を不幸にしたひどい暴力としての「うわさ」も、最初に勇気のある正直な人たちが、それは本当じゃない、といっていたとしたら、小さく弱いうちにつぶすことができたはずなのです。

3

フランスの、オルレアンという古い市のことを聞かれたことがあるでしょう？　十四世紀から続いた百年戦争の終わりに、ジャンヌ・ダルクが英国から解放した市です。一九六九年、この市で不思議な「うわさ」がひろまったのです。市にある六軒の婦人服の店で、若い娘さんが試着室に入ると、薬をのまされて連れさられ、外国の、女性たちが苦しい仕事をさせられる店に売られる！　実際には、警察に行方不明の届けは一件も出されていなかったのですが、それは市のみならず、フランス全土にひろまる「うわさ」となりました。

この「根も葉もないうわさ」が、どのように作られ、ひろまったか、社会的に、また歴史的に、どんな根拠を持つ「うわさ」の出方だったか？　それを責任感のある学者たちが調査しました。エドガール・モランという社会学者が、代表して報告を書いています。

モランがあきらかにしているのは、これらの婦人服店の経営者たちが、みんなユダヤ人だった、ということです。店主たちはついに生命の危険さえ感じることになり、警察に保護をもとめました。モランは、ヨーロッパ全域の人びとが、ナチス・ドイツによるユダヤ人の大量虐殺について知った後のこの時期に、反省されたはずの社会的な差別、偏見が残っていること、歴史的にも遠くさかのぼる根があったことを示し、「うわさ」の作られ方、ひろまり方の典型的な恐ろしさを分析しています。

モランの本で、私がとくに皆さん方に注意していただきたいことは、オルレアンの女子生徒の通う学校の、一部の女性教師たちが「うわさ」に影響され、「うわさ」がひろまることを助けた、という事実です。ユダヤ人の経営する婦人服店には行かないように、と生徒たちに話した女性教師のいたことが報告されています。

4

私が、「うわさ」への抵抗力を強くしてもらいたいというのは、たとえば女子生徒たちの間で、この「うわさ」を確かめる動きを起こし、動揺されている女の先生ともよく話し合って、実際にはこういう出来事はないのだ、と家庭に帰ってつたえることもできたはずだからです。そうして市のふんいきを自分たちで作りかえてゆく、という方向に向けて。そうした具体的な働きにこそ、若い人たちの「しなやかさ」が発揮されることを望みます。

ユダヤ人に対する、社会的、また歴史的な偏見は、日本にはないのじゃないか、これは外国のお話じゃないか、といわれる人もあるのではないでしょうか？　一方、そうじゃない、という人たちがいます。私が外国で教えた学生たちが東京に来てまず驚いたというのは、大きい本屋の店先の、よく売れる本を表紙を上に並べてある——平積《ひらづ》み、といいます——場所に、日本人の書いたユダヤ人に対する偏見にみちた本が置かれている、ということなのです。

それは、単に日本人がよく知らないことに好奇心をあおられやすい、ということでしょうか？　私はそうじゃないと思います。人間は、自分たちの世界が大きな邪悪な力におびやかされている、という情報に敏感です。それは当然のことです。現在は、文明の作ったさまざまのものに私たちの社会は守られています――その逆に、核兵器とかオゾン層の破壊とか、文明の作ったもののおかげで、危険にさらされてもいますが――。はるかな昔の人たちは、私たちよりもっと敏感でいなければなりませんでした。いまでは人間が戦いに勝った疫病にも、永くどんなに苦しんだか。ペストとの戦いに日本人の医学者がついこの間、大きい働きをしたことをご存知でしょうか？　コレラについていうと、二百年近く前のこの国で、オランダからつたわった医学を勉強しはじめたばかりの若者たちが、当時の書き方では大坂で強力な働きをしました。

このように、人間に対して邪悪な働きをするものの実体がわかれば、それと戦うことができます。戦う人間はいます。しかし、実体がわからない時、人間は、漠然とした空想をしがちです。そして、自分たちの空想のなかで、そうした邪悪な働きをするものの、ニセの正体をこしらえあげてしまうのです。

ヨーロッパの歴史をつうじて、ユダヤ人たちは、その被害をこうむってきた人たちです。古いロシアや東ヨーロッパで、ユダヤ人たちへの大きい迫害がありました。それがひとつの国の政策となって、何百万人ものユダヤ人たちがガス室で殺されたのが、まだ六十年たらずの昔でしかないナチス・ドイツの場合です。

私が皆さんにすすめたいのは、ユダヤ人がどのような苦しく辛い経験をして、多くはそのまま殺されたかを、少年や少女の目で見た記録を読むことです。私の父親のいった、子供には子供の戦い方がある、ということのまさに有力な例として、ユダヤ人迫害の現場で起こったことを見つめていた子供たちの記録があります。

『アンネの日記』はそのなかでも、なにより広く知られたものです。この本を読んだ人たちは、愛らしく利発なユダヤ人の少女、アンネ・フランクの運命だけでなく、ユダヤ人たちが第二次世界大戦時のドイツおよびその周りの、当時ナチス・ドイツの勢力下にあった国で、数多く殺されたことを忘れないでしょう。

ところが、日本で『アンネの日記』を出した大きい出版社が、数年前、今度は、ユダヤ人を大量に殺したガス室はなかった、という記事を、そこから出している雑誌にのせたのです。

出版社は、国内からも海外からも――それがとくに力の強いものでした――批判を受けて取り消しました。ユダヤ人の受けた大きい悲惨をなかったことにする――それは、恐ろしく邪悪なのは、ユダヤ人の方だという、昔ながらの「うわさ」に参加することです――態度が、日本にもあることを私は外国の若い友人たちに認めねばならなかったのです。

私が不思議に思ったことは、あの出版社に、『アンネの日記』を読んで心をうたれたことのある少年や少女が成長し、編集者として働いていていなかっただろうか？　ということでした。大人になれば忘れるというのなら、子供の読書はムダです。皆さん方は、いま子供の自分が読んでいる本はムダだ、という社会にしてしまう大人たちと戦わねばなりません。自分でしっかり確かめていない「うわさ」にはしたがわない、ということも、その戦い方のひとつです。

百年の子供

1

二十一世紀がはじまりました。そこで、この世紀に向けてどのように考えるか、そういう質問をされることがあります。しかし、子供の私が「自分の木」の下で会うかも知れないと空想した、あの老人の年齢である私は、正直なところ、さあ、二十一世紀に新しい心で、と勇みたつことはありません。しかし、皆さんには、おおいに勇みたっていただきたいと思います。

それというのも、子供の私は、ほかの子供たちがいっせいにそうした思いになっている時、自分は関係がない、と少し離れて見守っている性格ではありませんでした。やり過ぎるたび、父親からジロリと見られて、自分は軽薄だ、と反省しました。それでも、基本の性格はずっと変わらなかった、と感じます。そして、理由があれば、まわりの子供たちと一緒に、元気を出して奮闘するのは良いことだし、やり過ぎた、と反省するのも、同じく子供にとって良いことだ、と考えています。つまり、まず奮闘すること！

　さて、森に上るたび、子供の私が「自分の木」の下で出会うかもしれないと心配し、一方では期待するようでもあった、年をとった自分になっている私は、二十一世紀も最初の十分の一ほどを生きることができるだけでしょう。そこで、こう考えています。これまで自分がやって来たことを総合できれば、そうしたいものだ。そうできなくても、これまでやって来たことを続けよう。よくよく考えたうえでなければ、自分がいままでやって来たり、いってきたこととちがった方向に行くことはすまい。自分が進もうとしている前の方を、背伸びするようにして見ながら、少しでも進み方を確かにすることが、子供の時からいままで自分のねがって来たことだったのだから。おそらく急カーヴを切ることはしなくて、終わりまで行けるだろう……

　私の家庭の、障害を持っている子供、光が、まだ十五、六歳だったころ――知的な障害ですから、精神の発達ということでは、五、六歳の程度だったのじゃないでしょうか――、それでも家族を愛したり、近くにいる人を大切に思ったりする感情は、健常な妹や弟と同じでしたが、森のなかの祖母のところに一週間ほど滞在して帰る時、こういいました。

——お祖母《ばあ》ちゃん、元気を出して死んでください！

私の母が時どき口にする、死ぬまで元気をだしていたい、という言葉を覚えていたのでしょう。母自身、孫がいった言葉が気にいって、自分を力づけるように、この時のことをよく話したものでした。……そして気がついてみると、私自身、よし、二十一世紀もこのまま続けてやってゆき、それから、元気を出して死ぬことにしよう、と自分にいっているのです。

2

光の音楽の演奏と、私の講演——ということにはなっていますが、もっとゆったりした話です——を組み合わせた「レクチュア・コンサート」を、時を置いて続けています。この間は兵庫県の伊丹で開きました。

私と家内はずっと、光と一緒に生きることを楽しんできましたから、私たちは子供と感じていますが、皆さん方から見れば、大人の年齢です。それでも、身体の大きさと音楽を

作る能力は別にして、言葉の話し方や運動の機能はお祖母ちゃんと話したころと同じ人なのです。

それでも、コンサートでアンコールがある際には、家族ぐるみ親しい演奏家の方たちに呼びあげられて、舞台からお礼の言葉をのべます。そのために自分で考えた――あるいは、考えつつある――言葉を、私や家内も協力して文章にしてゆき、紙に書いてポケットにいれています。それが光の「人生の習慣」のひとつです。

伊丹では、次のように挨拶しました。

《今日は僕の音楽を沢山聞いていただきました。どうもありがとうございます。

僕のお祖父《じい》ちゃんは、伊丹万作《いたみまんさく》という人です。それで、伊丹という字は小さい時から覚えていました。とてもいい地名だと思います。

フルートの小泉浩《こいずみひろし》さん、ヴァイオリンの小林美恵《こばやしみえ》さん、そしてピアノの荻野千里《おぎのちさと》さん、みんなすばらしい演奏でした。

本当に、ありがとうございました。》

このコンサートの旅から帰ってすぐ、地方の放送局から、伊丹万作が――日本で映画が作られはじめてすぐに、それこそすばらしい作品を監督した人です、いまテレヴィでやるヴァラエティー式のものとはもちろん違う、しっかり組み立てた喜劇映画に力をいれました――生まれて百年、という番組のヴィデオを送ってもらいました。

それを家族で見るうち、あらためて百年ということが、私の心に深くしみわたるようでした。この文章の挿絵を描いている家内は、話が子供のころのことになると、お父さんがライカというカメラで撮った小さい写真が貼りつけてある古いアルバムを取り出します。そして虫眼鏡でセピア色の写真を見ながら、長い時間をかけてこまかな部分を描いてゆきます。

私に、その写真と絵の「関係」から浮かびあがって来ると感じられるのも、百年です。伊丹さんが写真を撮られたのは、ほぼ六十年前のことでした。しかし、百年前に生まれた人の生きた時代、その目に映った情景、という思いが私には強くするのです。そして私は、伊丹さんからいえば、その孫として生まれた子供たちが生きてゆく時代の、これからの百年を思うのです。

百年前に生まれた人の撮った写真は、いま濃いセピア色です。いまの情景を撮るカラー写真も、やがてはやはりくすんだ色になるでしょう。そして、その写真を見ている人たちのまわりはどのような情景でしょうか？　その人たち自身、私たちに似ているでしょうか？　このようにも、私は百年のことを思うのです。

木の上につくった本を読む小屋で、私がひとりの場所を確保して満足して、本を読んだり空想したりしていると、畑仕事を一段落《いちだんらく》させた母がやって来て、私の小屋のあるカエデの木によりかかって休むことがありました。母としては、私と話したいつもりもあるのです。そういう時、母の話すことは、祖母が得意にしていたと同じ、この森のなかの土地につたわることでした。母自体、祖母から話を聞いて覚えたのだったでしょう。そして彼女たちが、これは昔のことだ、というのが、ほぼ百年前の出来事なのでした。母は小柄な人でしたが、私の木の家もそんなに高いところにあるのではないので、私には母の話し声が聞こえないふりをすることもできないのです。

母が話した昔の話のひとつに、「童子《どうじ》」の物語がありました。私が母から話を聞いた時、まだそれから百年たっていなかったのですが、明治維新の直前と直後、私たちの土地に二度の百姓一揆《いっき》があったのです。

父から聞いた中江藤樹の子供の時の話の、米の不作のためにお百姓さんたちに税として割り当てられている量をおさめることが難しく、生活も苦しいわけで、皆で相談して他の藩の土地へと出て行ってしまうことを「逃散《ちょうさん》」といいました。「一揆」は、やはり農民たちが集まって、不作が原因のひとつですが、自分たちからきびしい税をとりたてる藩に、また——維新の後では、国から派遣されて来ている、いまなら県に近い——郡の責任者に、集団の力で抗議して、生活がやってゆける新しい取り決めを結ぼうとする行動。

その一揆で、農民たちがそれぞれの村から出て、藩主や郡長のいる町に向かってゆく。途中の大きい川原で、いまでいえばキャンプをします。そうして夜を過ごしながら、これからどのようにやってゆくかを協議している時、どこからか現れた不思議な子供――古い言い方での「童子」――が、大人たちには考えもつかない新しい戦い方を教えた、というのです。一揆が終わると、「童子」はひとりで森の高みへ消えていった、ともいうのでした。

3

私は木の上につくった本を読む小屋に、きゅうくつなかっこうで横になっています。カエデの幹によりかかった母が話し続けている以上、私は降りていくことができません。空はみずみずしい青で、川は透きとおり、流れのなかでキラキラ光るのは小さい鮎がコケを食べているのです。いつもは、木の上で本を読んでいたりしないで遊びに行くように、という母親が、今日は長い話をするので、私は少しいらいらしています。百年後、世界はどうなっているだろうか、人間はどういうふうだろうか？　そうした自分の想像をはじめもします。もちろん百年たてば生きていないわけですが、五十年後、自分はどこでどんな仕事をしているだろうかと考え、いまこんなところで、このようなことをしていてはいけないのに、とあせってもいたものです。

そこで母が、

――いま、森から「童子」が降りて来られたら、あなたはどうするかなあ？　と質問するより自分で想像しているようにいった時、私はそれをはねつけるつもりの返事をしました。

――わしが「童子」やから！

そうすると、母は怒るかわりに、笑いながらこういったのでした。

――「童子」は村の人が困っておると、森から降りて役に立たれたというから、あなたも学問をして、身体の鍛錬もしておらんといかん……

4

母はごく普通の、常識的な人でした。そうでなければ、いくらか夢想家であったような父が資産も残さず亡くなった後、七人の子供たちを育てることはできなかったでしょう。それでいて、私が学者になりたい、といったら――私自身のせいで、そうなることはできませんでしたが——すぐ賛成して東京へ行く手だてを作ってくれたり、私が家族を持ってから、障害とともに生まれてきた光についていては、かれのいったりしたりすることすべてに面白さを発見して、それらを絶対に支持してくれる人でした。

一方、私は本を読んでいなければ想像しているタイプで、この話を母とした後では、本を読む小屋に上って二、三ページ読むと、もう「童子」のことを考えないではいられなくなったのでした。

実際にあることにもとづいて、ないこともそこにあることの続きとして考えてゆくことを「想像する」といい、そうした手がかりなしにボンヤリ思うだけのことを「空想」する、として区別したのは、この国での民俗学を作った柳田國男です。

私が本を読む小屋でやっていたのは、母の期待するような、勉強することでも身体をきたえることでもなく、空想にすぎませんでした。自分が「童子」だ、と母にいってみたけれど、本気でそう思っていたのではありません。むしろ、もし「童子」が森から降りて来るのを見つけたら、自分は「童子」に連れていってもらおう、と空想していたのです。どこへ？　将来へ、百年後の世界へ！

どういう方法によってかは別として、ともかく「童子」に百年後の世界へ連れていってもらったら、そこで生きている人たちが——科学的にはものすごい進歩をしていて、いまとはすっかり別の世界のはずだろうけれど――いまこちらで生きている自分と同じ人間かどうか知りたい、と思ったのです。

いま考えてみると、それは、百年後の世界の人間が、いま、自分がいいと思い、正しいと考え、美しいと感じるのとはまったく別のこと、反対ですらあることを、いいと思い、正しいと考え、美しいと感じるふうだったら、と恐れていたのだと思います。

取り返しのつかないことは（子供には）ない

1

私が子供の時、なにより恐ろしかった言葉はなんだろうか？　この文章を書き始める時から、それを確かめよう、とねがっていました。私は読んだ本で面白く感じたり、大切に考えたりする言葉の一節をそのまま紙に書き写して覚える習慣でしたから、いくつも候補は浮かんでいたのです。

しかし、子供の日々《ひび》のあれこれの場面をずっと思い出してゆくうち、私にとっていちばん恐ろしかった文節は、印刷されたものを目で見たのじゃなく、耳で聞いたものだった、

と気がついたのでした。それは、母親がいった、どういう時にいわれたものであるかも覚えている、

——取り返しがつかない！　というものなのです。

父が、突然亡くなった日のことでした。親戚や近所の人たちや、思いがけないことに新聞で名前を見たことのある人や、多くの人たちがお悔やみに来てくださいました。その間、日本の田舎のお母さんならそのはず、と誰もが思うだろうように、母は——私は子供ですから、大人にそう感じるのもおかしいのですが——可愛らしい態度で静かに泣いていました。

夜も遅くなって、父の遺体が置かれている裏座敷に行ってみると、母がひとりで坐っているのです。そして、怒っているような強い声で、

——取り返しがつかない！　と何度もいっているのでした。

私はじっと廊下に立っていましたが、そのうち恐くなって、自分の蒲団に戻っていったものです。

自分が大人になってからも、取り返しがつかない、という言葉に出会うたびに、真夜中の、どこか不思議な母のいい方を思い出します。

この二、三日、書庫を探したのですが、本のタイトルも、およそのページも覚えている

のに、見つけることができないので、正確な引用ができないのですが、木下順二さんに、——取り返しのつかないことを、取り返す、という意味の一節があります。あなた方も『夕鶴』というすばらしい作品で知っていられる劇作家です。

若い時、それを読んで、私はもう一度、胸がドキンとしました。あの遠い夜、森のなかの谷間の家で、まだ若いといってもいい年齢だった母が、取り返しがつかないこととして、父の死を悲しみ嘆いていただけじゃなく、取り返したいと思い、それができないので怒っているのを、私は暗く寒い廊下で感じとっていたのだと気がついたのでした。

2

私がいま、この問題について自分の言葉が役にたつかどうかを疑いながら、ともかく考えることを書いてみようとしているのは、「子供の自殺」についてです。

私は子供の心の病気について専門的な知識を持っていません。子供を自殺に追いつめてしまう、家庭、学校、社会の歪《ゆが》みについて調査し、研究してきたのでもありません。なにより、教育の現場で、苦しんでいる子供と一緒に考え、かれらに具体的な励ましをあたえてきた経験もありません。

そして私は、こうした医師、社会学者、教師らの、専門家たち、経験者たちを尊重します。私は、国の内外での、そうした人たちの考え方を、子供たちや若いお父さんやお母さんらにつたえる役割をあたえられれば、力をつくしてそれをやりたい、と思っています。それと、文学の長い歴史のなかで、小説家や詩人たちがこの課題をどのように表現してきたかをふりかえって、自分の考えをきたえようともしてきました。

イタリアで一三〇〇年の前後を生きた——いまから七百年前の人類を本当に代表するひとり、と私は考えていますが——ダンテという詩人がいました。その『神曲《しんきょく》』という大きい作品は幾通りも日本語に訳されています。

煉獄《れんごく》、天国へ続いてゆく三部作の第一部は、さまざまな地獄の光景が描かれて、そこで苦しむ人たちが生きていた間にどういうことをしたかが、詩のかたちで語られています。

その第十三歌は、自殺した人たちの行く地獄です。かれらの魂は——そう呼ばれていますが、亡霊は、といったほうがしっくりするかもしれません——青ざめた恐ろしい様子ですが、生きていた時と同じ姿かたちをしています。しかしここでだけはトゲの生えた樹木になって、林をつくっているのです。不注意に小枝を折ると、怒ったり、痛みをうったえたりします。

そしてこの森で、自殺した人間の魂は、自分自身に対して暴力をふるった者らと呼ばれているのです。私が十五歳の時に出会った、私の子供にとっては優しい伯父《おじ》さんでもある友達が、映画監督として大きい仕事をした人がですが、しばらく前に自殺しました。その時、私が悲しみよりもさきに感じたのは、あのようにすばらしい容姿と知的能力と豊かな感情を持った人間が、自分のその全部を壊してしまった！　ということでした。

そして私の心のなかの耳は、もう五十年以上も前に聞いたとおりの母の声が、

——取り返しがつかない！　というのを聞いていたのでした。

3

大人の自殺には、その人のことを自分がよく知っている場合とくに、あのような人がもう生きていることはできない、と考えてのことであれば、仕方がない、と思うことがあります。深い悲しみと、重い残念さは消えないのですが……

そして、まだ生きているうちに、かれが私にこれから自殺するが、理解してくれ、といったとしたら、全力をつくしてそれをとめようとしたはず、とも思うのですが……

大人の自殺と子供の自殺のちがうところは、子供の自殺は、生き残る者たちに決して理解できない、ということです。なぜかといえば、子供にとって、

——取り返しがつかない！　ということは絶対にないからです。

私はこう信じています。そういいながら、ムリに信じようとしている、あなたたちに向けて信じたふりをしているのではありません。自然に、私はそのように信じています。それは、私がこれまで永く生きてきて、勉強できることは勉強し、仕事を続けることでも学び、経験と優れた友人たちとに教えられて自分のものにした知恵によるのです。

信じられないほど苦しく辛い状態で生きている子供の前に——世界にそういう子供たちは数多くいます。たとえばアフリカでエイズにかかっている貧しい子供たちのことを思ってください——私が連れてゆかれたとして、その子供が、

——もう取り返しがつかない！　といったとします。

私はすっかり取りみだしてしまうかもしれませんが、小さくカスレた声であれ、

——そういうことはない！　といいたいと思うのです。

4

しかし実際には、子供にとっても大人と同じように、もう取り返しがつかない、と思うことはあるはずです。私自身、自分の子供の時の、あれこれの出来事を思い出すのです。

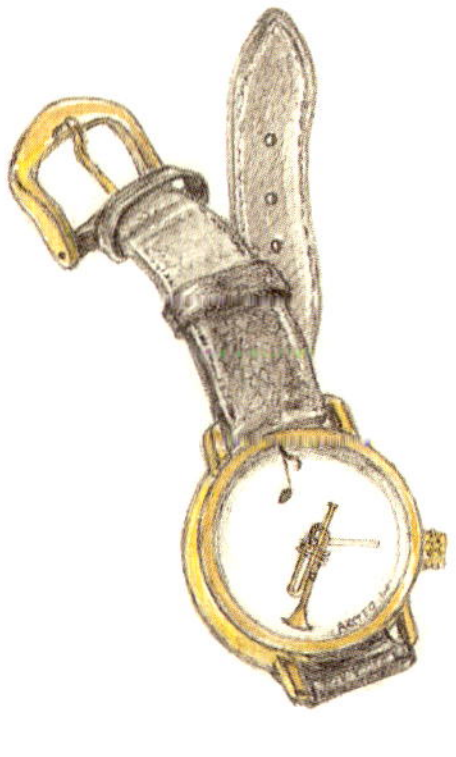

しかし、私はそのすべての機会に、子供ながら、その取り返じがつかない、という思いを自分で引っくり返して、生き延びてきたのです。そして生き延びてきたことは正しかった、と心から考えています。

子供にとって、もう取り返しがつかない、ということはない。いつも、なんとか取り返すことができる、というのは、人間の世界の「原則」なのです。この原則を、子供自身が尊重しなければなりません。それは子供の誇りの問題です。

私はこれまで幾度か、子供の持っている誇り、ということを書きました。そしてそのたびに、そういうアマイことをいっていていいのか、という反論がとどきました。そうしてみると、それへの私の再反論の根拠は、私が子供だったころの思い出と、障害を持った子供ひとり、健常な子供ふたりを育てた経験があることに過ぎません。確かに、私の意見は弱いのです。そのことを認めたうえで、私はやはり子供にはしっかりした誇りの感情がある、といい続けるつもりです。若い時には持っていたはずの誇りをなくして、しかもそれでいいんだ、という大人ならいくらも見てきました。しかし、同じように開きなおっている子供には会ったことがありません。

それでは、子供が取り返しのつかないことをすることはないかといえば、現実にあるのです。人間にとって、それが自分の目で見るなにより苦しく辛いことだ、と私は思います。

子供が取り返しのつかないことをする、とはどういうことか？　殺人と、自殺です。ほかの人間を殺すまで暴力をふるい、自分を殺すまで暴力をふるうことです。

そして、この二つの恐ろしいことは、ひとつなのです。「暴力」と「人間のいのち」ということを結んでよく考えれば、あなたたちも、殺人と自殺の二つが、ひとつのことだ、と思いあたられるのじゃないでしょうか？　このような暴力を子供たちにふるわせない、子供自身もそれをふるわない、と決意することが人間の「原則」だ、と私は信じます。

しかし、いまこの世界では戦争があるじゃないか、戦争をしていない国でも、武器を作り、大量に所有し、輸出までしているじゃないか、と思われる方があるかも知れません。

確かに、原爆、水爆をはじめとする核兵器は、いま生きている人間たちが、これまでの歴史のなかでも最大の「暴力の機械」として、作ってしまったものです。それを減らし、ゆくゆくはなくしてゆこう、という運動は世界じゅうにありますが、まだ成功していません。

国連という組織は、二十一世紀に世界から戦争をなくすための、いちばん確かな希望だ、といわれます。私もそう思います。しかし、そのために国連でもっとも大きい力を持つ国は、総会についで役割をもつ安全保障理事会の、さらに常任理事国の中、仏、露、英、米の五ヶ国ですが、そのどの国も、武器を輸出している国なのです。

それより自分たちの国のことはどうだ、といわれる方もあるでしょう。私たちの国の憲法には、軍隊を持たないと約束してあるのに、新聞やテレヴィで見る自衛隊は、スゴイ軍備をそなえているじゃないか、とも。そのようにいう声は、この国のなかでより、むしろ国の外側から、強く聞こえてきます。日本のすぐそばにあって、かつてこの国の軍隊に攻め込まれた経験のある人たちからは、とくにその声が発せられてきました。

私たち日本の大人は、たいていの人が、憲法と現実の自衛隊のありかたを気にかけています。そして、憲法の約束しているとおりに、やがては軍隊のない国を実現しよう、そのために自衛隊の規模をいまから小さくしてゆこう、とねがっている人たちがいます。逆に、実際にこの国には大きい戦力を持った軍隊があるのだから、それにあわせて憲法を変えよう、という人たちもいます。これは現在のこの国の大人である私たちが、なにより子供のあなたたちの近い未来を考えながら、よく議論して決定してゆかなければならないことです。

あなたたちも考えなければなりません。私は皆さんが、この場合にも、「原則」ということから考えていってくださるよう希望します。それも、まず自分の、そして身近な人たちの問題として、子供がほかの人間を殺す暴力をふるい、自分を殺す暴力をふるうことは、あってはならない、それが「原則」だ、ということから考えていただきたいのです。大人が、なしとげようとしていて、まだなしとげられていないことはあります。それに対して、子供たちが人間らしい誇りを持って、自分は「原則」を守り、そこから考えを進めてゆくかどうかに、世界の明日が明るいかどうかはかかっています。

「ある時間、待ってみてください」

1

子供に取り返しのつかないことはない。自分から取り返しのつかないことをしてはいけない、それが「原則」だ、と私は書きました。それでは、どうしても苦しく辛く、取り返しのつかないことをしそうになった時、子供がそれをしないで踏みとどまるためには、どうすればいいでしょうか？

私はそれについて子供のころから考えてきたので、ひとつの答えを持っています。単純ですが、有効だとも経験によって知っています。「ある時間、待ってみる力」を持て、ということです。なんであれ、もう自分は取り返しがつかないことをするほかない、と思う時、とにかく「ある時間、待ってみる力」を持て、もうダメだ、とあきらめるな、といいたいのです。

子供にとって、この「ある時間」ということが本当に大切なのです。大人になってしまえば、「ある時間」待ってみても同じだ、ということはあります。しかし、子供にとっては、絶対にそうでない。待ってみる「ある時間」のなかに、すべてがある、といっていいくらいです。二十一世紀に生きるあなた方につたえたい言葉をひとつだけ選べ、といわれたら、私はこういいます。

——もう取り返しがつかないことをしなければならない、と思いつめたら、その時、「ある時間、待ってみる力」をふるい起こすように！

それには勇気がいるし、日ごろからその力をきたえておかなければならないのでもあります。しかし、その力は、あなた方にあるのです。

2

さきにも書きましたが、私は新制中学の一年の時、旧制高校に通った人からやはり旧制の中学での幾何の教科書をもらって、ひとりでそれをやっていました。高校でも幾何を続け、あわせて解析を習いました。大学入試の問題集は、数学に関するかぎりむしろ楽しみに解いたものです。

こういう初歩的な数学は、そのすべてが、ということではありませんが、それこそギリシア以来の論理学から新しい学問としての記号論理学につながるところがあると思います。いまも、少し複雑なことを考える時——飛行機で外国に行くために、長い時間、坐っていなければならない場合など、とくに——ノートを小さく区分けして、その囲いのなかに問題をひとつずつ整理して考えてみます。そうやって考えてゆくと、あらかじめこういう結論になればいいな、と思っていたのとは別の方向に行っても、それを受け入れる準備ができているように感じます。もともと自分で考えたことですからね。

私が高校で習った解析は、まず「解析Ⅰ」というもので、微分や積分という、もっと高度の数学の考え方と方法が入って来ない段階でした。こちらの教科書や問題集にのっている計算が、私のように理科系のタイプでない生徒には、「解析Ⅱ」より面白かったことを思い出します。

私はとくに、文章に書かれた条件から数式を組み立てて、解いてゆく問題が好きでした。解く過程で、複雑な数と記号の式の、ある部分を一応、括弧《かっこ》でくくって、それをたとえば

Aであらわします。それだけ、数式が簡単になりますし、計算を進めてゆくうち、等号の両側におなじ数のAがあることがわかったり、分子と分母にAがあって、両方とも消えてしまったりすることがあります。そういう時は、じつに嬉しかったものです。

また、Aが消えなくても、すっかり整理された式に、あらためて括弧をといて、Aの内容を代入すると、計算がスラスラとできあがる、ということもありました。

一方、計算の最後の段階で、勢いこんで括弧をといてみると、最初のどうしても解けなかった問題が、そのまま再現して、Aという記号をつけての計算についやした時間がすっかりムダだった、それこそ「骨折り損のクタビレもうけ」だったと、がっかりすることもありました。そういう時は、一息おいて、

——仕方がない！　おれのやったことだ、と気をとりなおすようにしたものです。

じつはそのころから、数学よりほかの難しい問題についても、一部分をまず括弧でくってAとする手続きで考えることを、始めていました。その場合にも、さきに書いたように、自然にAが消えてなくなって問題が解ける、ということはありました。

また、やっと計算が——つまり問題を考えることが——整理されてきたので、Aを具体的な内容に戻すと、最初の難しい問題がそのまま残っている、ということがあったのでした。そういう時、私は数学の場合とは少し別に、

——自分はこの問題のいちばん難しいところから、逃げていただけだ！　と気がつきました。

そして、あらためて、正面からその難しいところに立ち向かってゆく元気を出したものです。それはもう、大人になってからも続きました。

3

さて、私が数学をめぐる思い出を話したのは、次のことを説明したい、と思ったからです。

私は「ある時間、待ってみる力」をふるい起こすことが、子供には必要だ、といいました。それは、子供にはもちろん、大人にとっても、生きてゆくうえで、本当に難しい問題にぶつかった時、一応それを括弧に入れて、「ある時間」おいておく、ということなのです。そうやって、生きてゆくという大きい数式を計算し続けるのです。初めから逃げる、というのとは違います。

そのうち、括弧のなかの問題が、自然に解けてしまうことがあります。括弧のなかの問題をBとすれば、「ある時間」待っている間も、とくに子供の時、私たちはそうしてもすっかりそれを忘れていることはできません。そうしながら、いつも心にかかっていて、思い出されます。しかし、その苦しい時、具体的な問題や特定の人のことじゃなく、Bという記号に置きかえて、

——Bがまだ解決できていないけれど、もう少し待ってみよう、と考えることにするのです。

それだけでどんなに気持が軽くなるか、私は幾度も経験してきました。いまもある記号に最悪の「いじめっ子」の顔が代入できるほどです。

そして「ある時間」たって、括弧をといてみても、まだ問題がそのままであれば、今度こそ正面からそれに立ち向かってゆかなければなりません。しかし、子供のあなたたちは、なんとかしのいだ「ある時間」のあいだに、自分が成長し、たくましくなっていることに気がつくはずです。そこが数学の場合と違います。私は、とくに高校のころから大学を卒業するあたりまで、そのようにしてやって来ました。そして、現にいま、生きています。

4

私の家庭に初めての子供が生まれてきて、知的な障害を持っていると医師にいわれた時、

そして将来も「なおる」ことはないと知った時、それは私と家内にとって、それまでの人生で解いてきた問題のなかの、いちばん難しいものに感じられました。

私の森のなかの村にいる母親も、それを自分の問題として受けとめて、解き方を探してくれたのでした。母は、都会では、知的な障害を持った子供が差別されたり、いじめにあったりするのじゃないか、と考えました。そして、自分の村でなら、住んでいる人たちはみんな昔から知っているし、子供たちがいじめるというつもりでなくても、しつこくからかうことがあれば、自分で乗り出して話をつけてやることもできる、と解答を出したのです。

そして、森のへりに孫の光とふたりで住む山小屋のような家を建てて、そこに住みたいと思う、と提案をして来ました。家内にも話しましたが、結局、私たちは受け入れなかったのです。

光が養護学校を卒業して、秋から福祉作業所に通うことがきまっていた夏のことでした。何度目かに祖母に会いに行った光が、私と家内には本当に思いがけないことをいい出した、というのです。

——私は木工がとくいです。（そういって、祖母に川の向こうの森を示してから）こんなに沢山の木がありますから、木工をして、お祖母《ばあ》ちゃんと暮らそうと思います。

光は、自分で言葉にしてはいえなかったのですが、福祉作業所で働き始めることに不安があったのじゃないでしょうか？　そして永い間に私たちから聞いていた森のへりの山小屋のプランを思い出していたのでしょう。

――ああ、そういうことができましたらなあ！　とだけ、母はいったそうです。もう老年で、十数年前の提案を実現する体力も気力もなかったのでした。

それからまた数年がたって、光が少しずつ作曲していたものを、友人のピアニストがカセット・テープに録音してくれたものを森のなかの家に送りました。母は心から喜びました。家内に電話をして来て、森のへりの小屋で暮らそうとしなくてよかった、ああしていたら、自分も光さんも、ナマケられるだけ愉快にナマケて、音楽を作るなど思いもつかなかったことだろう、といったそうです。

「ある時間」の積み重ねが、私にも家内にも、母親にも、また光自身にすら、解き方の予想もつかなかった、難しい問題をきれいに解いたのでした。これからも、光には新しい問題が生じてくるはずですが、かれの妹や弟もふくめた私の家庭は、追いつめられる気持なしでそれらに立ち向かえる、と思います。

5

永い小説家の生活で初めて、私は子供の皆さんに向けて一冊の本になる分量の文章を書きました。そういう本にしよう、と考えると、書きたいことがさまざまにあって、小学校上級の人たちに読んでいただこうと思うものや、もう高校で大学受験の準備をしている人たちへと思う内容まで、書くことになりました。ここに書かれていることは子供じみている、と感じたり、逆に難しい、と考えたり、そのバラツキを経験されたのじゃないでしょうか？　実際に、そういう手紙もいただきました。それはずっと大人のための本を書いてきて、さらに現場の教師の仕事はしなかった私の欠点が出たのです。つくづく、宮澤賢治の偉大さを思います。

それでも、めずらしく、嬉しい、あなた方からの楽しい反応がありました。たとえば水泳クラブで会った少年から、最初の文章に私の家内が——高校の時の大切な友達の妹ですから、子供の時以来知っている、ということになります——描いた挿絵について質問されました。

——大きい木の左側に、おじいさんがいますね。子供もいて、おじいさんのいる方向へ、木の下を廻って行こうとしている。子供は腰のところに棒切れを持っている。あれは変なおじいさんをやっつけようとしているのですか？　おじいさんが持っているものは（家内の説明では、昔の老人ならたいていい手に持っていた扇子《せんす》だそうですが）、それをふせぐ武器ですか？

子供の私が、「自分の木」の下で会うかもしれない年をとった私に――お祖母さんがその可能性もあるといったのですが――、あなたはどうして生きてきたのですか？　とたずねようとしている場面です。別にだまし討ちを計画していたのじゃありません。

私はあらためてこう考えるのです。いまはもう、あの老人の年齢になった自分が、故郷の森に帰って、まだ子供のままの私に会ったとしたら、どういうだろうか？

《きみは大人になっても、いま、きみのなかにあるものを持ち続けることになるよ！　勉強したり、経験をつんだりして、それを伸ばしてゆくだけだ。いまのきみは、大人のきみに続いている。それはきみの背後の、過去の人たちと、大人になったきみの前方の、未来の人たちとをつなぐことでもある。

きみはアイルランドの詩人イェーツの言葉でいうと、「自立した人間《アブスタンディング・マン》」だ。大人になっても、この木のように、また、いまのきみのように、まっすぐ立って生きるように！　幸運を祈る。さようなら、いつかまた、どこかで！》

初出誌　週刊朝日
「なぜ子供は学校に行かねばならないのか」→2000年8月4日号、「どうして生きてきたのですか?」から「『ある時間、待ってみてください』」まで→2000年10月27日号~2001年2月9日号

「自分《じぶん》の木《き》」の下《した》で

二〇〇一年七月一日　第一刷発行
二〇〇一年八月十日　第三刷発行

著　者　大江《おおえ》健三郎《けんざぶろう》・大江《おおえ》ゆかり

発行者　矢坂美紀子
発行所　朝日新聞社
編集・文芸編集部　販売・出版販売部
〒一〇四―八〇一一　東京都中央区築地五―三―二
☎〇三―三五四五―〇一三一（代表）
振替　〇〇一九〇―〇―一五五四一四

印刷所　凸版印刷

ISBN4-02-257639-1
定価はカバーに表示してあります

『小説の経験』

大江健三郎

「漱石の女性像」「愉快なドストエフスキー」「無邪気なフォークナー」……。ノーベル賞作家が、古典から今日の作品まで、自身の作家生活を振り返りながら、自分にとって小説とは何かを、もう一度問い直す画期的な「文学再入門」。

単行本・文庫版　朝日新聞社刊